LE SYNDROME M

Jacques Braibant

LE SYNDROME M

roman

ISBN 2-930221-04-6
D/1997/8015/5

Pour

Thierry Archambeau
Jacqueline, Roger et Alain Berghmans
Nadine et Armand François
Thérèse et Joseph Letroye
Michel Mahieu
Caro et Bob Verbeke-Grimaud,

qui à des titres divers m'ont spontanément aidé quand j'en ai eu
besoin.

Avant-propos

La rédaction du Syndrome M a débuté à la fin de l'année 1995. Il s'agissait d'un roman de politique-fiction et c'est, me semble-t-il, toujours le cas. J'ai néanmoins remarqué que certains événements que j'y décrivais comme possibles ou probables sont devenus des réalités pendant son écriture, tels la transformation du G7 en G8 et, choix plus facile, la victoire des travaillistes lors des dernières élections en Grande-Bretagne.

D'autres faits décrits font aujourd'hui la Une de l'actualité.

Le mérite de mon éditeur a été d'accepter de publier cet ouvrage avant qu'il ne devienne peut-être un livre d'Histoire, hypothèse par ailleurs fort peu souhaitable.

Qu'il en soit ici remercié.

Je me suis refusé à effectuer des corrections au gré de l'actualité. Boris Elstine est toujours à la tête du gouvernement russe, et j'avais imaginé le retour aux affaires d'un ministre de l'Intérieur français que le lecteur reconnaîtra facilement. La dissolution de l'Assemblée Nationale et le changement de majorité n'ont pas voulu que cette hypothèse puisse se vérifier.

Enfin, la bibliographie qui figure en fin de ce livre, rend hommage aux auteurs et journalistes dont les écrits m'ont servi de documentation pour la rédaction de ce roman.

Frontière germano-belge, samedi 28 mars 1998. J -644.

Le camion franchit la frontière belge à Eynatten à 2h23 du matin.

- Nous sommes en retard, murmura Kurt après un bref coup d'oeil à sa montre.

Peter, le chauffeur ne répondit pas. Taciturne de nature, il continua de fixer la route. Les heures passées au volant et la crainte d'un contrôle d'une douane volante l'avaient rendu muet depuis plus de cent kilomètres.

- Laisse-moi prendre le volant, insista Kurt. Ça va faire quatre heures d'affilée que tu conduis.

Une brève contraction des maxillaires et un signe de dénégation furent sa seule réponse. Têtu comme une mule, pensa Kurt. Muet comme une carpe et fier comme un paon. Je roule avec une ménagerie comme coéquipier.

Le passage de la frontière française était prévu pour quatre heures et il restait encore cent soixante kilomètres à parcourir. Heureusement la Belgique éclairait encore ses autoroutes.

- Accélère.

Le grondement du MAN lui répondit. Il jeta un coup d'oeil au tachymètre. Cent vingt. A cette allure, le retard serait vite rattrapé.

France. Département des Ardennes, 28 mars 1998. 5h18.

Jolimont Saint-Pierre, situé sur la départementale 905 ressemble à tous les villages du monde. Quelques rues, une église, des commerces de proximité, aucun centre d'intérêt particulier et derrière ses volets clos, une population vieillissante de quatre cent vingt-huit habitants, la plupart endormis à cette heure matinale.

Charles Corvin sortit de chez lui, huma l'air frais avec plaisir et referma doucement la porte. Sa femme et ses deux garçons ne l'entendirent pas. Pêcheur depuis son plus jeune âge, il profitait du samedi pour se livrer à son passe-temps favori. Il assura son matériel sur ses épaules, et enfourchant sa bicyclette se dirigea vers la rivière proche. Trois cents mètres après la sortie du village, il eut soudain l'impression de rentrer dans un nuage. Un brouillard dense s'était levé, sorte de mur ouaté, complètement imprévu. Il nota distraitement que son entrée dans celui-ci coïncidait avec les récents travaux de goudronnage de la route.

Les ouvriers avaient terminé hier la réfection du bitume, réclamée à grands cris par les usagers.

Chaleur du revêtement, humidité et fraîcheur de la nuit.

Il se souvint brusquement de l'accident qui s'était produit dans les mêmes circonstances quelques années auparavant. A la télévision, les vues prises d'hélicoptère avaient montré un terrifiant enchevêtrement de voitures et de camions broyés et calcinés.

N'y voyant pas à plus de deux mètres, il fut pris d'une brusque inquiétude. Faisant demi-tour, il décida de rentrer chez lui et d'alerter la Prévention Routière.

Arrivé près de son domicile, un sourd grondement le prévint de l'arrivée d'un camion.

Kurt traversait le village endormi à quatre-vingt à l'heure. Il vit dans la lumière de ses phares un homme lui faire de grands signes. Il remarqua les cannes, l'épuisette. Kurt aimait aussi la pêche à la ligne. Au passage il fit un geste amical à l'homme, et arrivé aux dernières maisons accéléra.

Au bord de la route, Corvin jura de dépit. Il avait eu le temps de jeter un coup d'oeil sur la plaque d'immatriculation. Des Allemands. «Salauds de Fritzs, pensa-t-il. Ils conduisent chez nous comme en pays conquis».

Cinquante ans de sommets franco-allemands et d'embrassades spectaculaires n'avaient pas effacé de vieux antagonismes.

Jolimont Saint-Pierre, 28 mars. 5h20

Pierre Lemaître avait été surpris par le brouillard dense dans lequel il était rentré. Un raidillon avait heureusement réduit la vitesse de son camion citerne. Au pas, il avait franchi deux kilomètres dans une vraie purée de pois, en bénissant le ciel du manque de circulation dû au week-end et à l'heure matinale.

Il sortit lentement du brouillard pour voir à quelques mètres de lui le capot rouge d'un camion lancé à toute allure. Il braqua pour l'éviter, offrant son flanc au MAN qui le percuta à près de cent à l'heure.

La production de déchets peut résulter d'un ensemble de causes. Elles peuvent être d'ordre biologique, économique, chimique, écologique et technologique.

Dans ce cas, la fatalité était chimique.

Certaines combinaisons toxiques sont la résultante d'un traitement hors-normes de molécules réputées inoffensives. Les polychlorobiphényles (P.C.B.) par exemple. Leur décomposition chimique sous l'effet de la chaleur peut conduire à la formation de produits hautement dangereux, comme les dioxines.

La dioxine T.C.D.D. est une des substances chimiques les plus toxiques jamais testées. La dose létale se mesure en microgramme par kilo de poids corporel.

Le choc suivi de l'explosion s'entendit à des kilomètres. Les quinze mille litres d'essence s'échappèrent de la citerne éventrée et s'enflammèrent, les bidons de P.C.B. se brisèrent sous la violence du choc. La chaleur intense dégagée par le brasier fit le reste.

Devant chez lui, Charles Corvin vit le mur blanchâtre s'illuminer, puis un champignon déroula sa tête orangée vers le ciel. Il ressentit l'onde de choc et la chaleur du brasier.

Le brouillard commença à se décomposer en ondoyantes volutes rougeâtres.

- C'est l'enfer, murmura Corvin. Il ne croyait pas si bien dire.

Les premières lumières s'allumèrent. Des volets et des portes claquaient. Les premiers curieux apparurent en baillant aux portes des maisons.

Une des plus grandes catastrophes écologiques de l'histoire avait commencé.

Paris. Elysée, mardi 31 mars 1998. J -641.

Le Président de la République entra à grandes enjambées dans la salle du Conseil des Ministres. Les nouvelles parvenues la veille au soir à l'Elysée avaient jeté un masque dur sur un visage généralement affable. Une réunion d'urgence du Conseil des Ministres avait été convoquée et les avions du GLAM chargés de ramener trois membres du gouvernement en tournée en province.

Après avoir brièvement salué l'assemblée, il ouvrit la séance :

- Mesdames et Messieurs les Ministres, vous êtes au courant de la catastrophe survenue à Jolimont Saint-Pierre. Ce qui était un grave mais relativement banal accident de la route est en passe de devenir une des tragédies majeures de ces dernières années.

Samedi 28 au matin, un nuage de dioxine a été provoqué par l'explosion d'un camion citerne percuté par un semi-remorque venant d'Allemagne et transportant — il jeta un coup d'œil sur ses notes — du polychlorobiphényle, substance dangereuse et strictement réglementée. Monsieur le ministre de l'Intérieur vous avez la parole.

- Monsieur le Président — sa voix rocailleuse et chantante avait toujours l'accent qui faisait les délices des imitateurs — l'explosion s'est produite samedi à 5h26. Le vent quasi nul n'a heureusement pas emporté le nuage toxique vers une agglomération importante. Malheureusement la presque totalité des habitants de Jolimont Saint-Pierre sortis de chez eux après l'explosion a été contaminée, ainsi que les gendarmes, pompiers et membres de la Protection Civile arrivés sur les lieux, plus des usagers de la route, arrêtés par l'accident.

- Combien de victimes ?

Le ministre consulta ses notes.

- La totalité des habitants du village à l'exception des quelques enfants en bas âge, trente-huit sauveteurs et policiers, et une centaine d'automobilistes. Le nombre de ceux-ci n'est pas définitif. Il faut encore tenir compte d'un nombre indéterminé de victimes potentielles, journalistes, chasseurs, curieux, etc... Près de six cents personnes au total.

Le Premier Ministre intervint.

- Comment se fait-il que nous ayons été informés si tardivement ?

- Rien ne permettait d'imaginer la nature du produit transporté. Le P.C.B. était contenu dans des bidons qui ont plus ou moins fondu dans l'incendie. Ils ne portaient pas de marques d'identification. De plus, il s'agit d'un produit excessivement dangereux dont le transport est strictement réglementé. On a procédé à des prélèvements de routine. Les échantillons ne bénéficiaient d'aucun type de priorité. Ils sont arrivés lundi matin au laboratoire d'analyse et les résultats n'ont été connus qu'en fin de soirée. Dès réception de ceux-ci, le plan ORSEC a été déclenché. Toutes les personnes contaminées ont été amenées dans les hôpitaux voisins.

Un périmètre de sécurité a été établi. Des contrôles sont en cours parmi les populations voisines. Des médecins, des biologistes et des chimistes sont sur place pour évaluer la situation, proposer et mettre en oeuvre toute mesure adéquate.

Le Président hocha la tête en signe d'approbation. En aussi peu de temps, le maximum avait été fait.

- Et les responsables ? demanda-t-il.

- Je m'occuperai personnellement des destinataires. Mes services ont pris contact avec Berlin. L'expéditeur aura des comptes à rendre.

Le Président approuva. Il pouvait compter sur son Ministre de l'Intérieur. Les responsables paieraient le prix fort.

Il se tourna ensuite vers le Ministre de la Santé :

- Monsieur le Ministre, j'exige que l'impossible soit fait pour secourir les victimes. Je veux un rapport détaillé sur la nature et la gravité des contaminations, au cas par cas. Afin d'identifier d'éventuelles victimes encore inconnues, je ferai ce soir une déclaration télévisée avant le J.T. de 20 heures. Passons aux dégâts à l'environnement. Monsieur le Ministre de l'Agriculture, vous avez la parole...

Paris, mardi 14 avril 1998. J -617.

De l'Elysée partirent sept messages destinés aux Chefs d'Etats et de Gouvernements du prochain G8 qui devait se dérouler à Londres le 17 juin.

La teneur de la note française débutait par un constat de carence dans la lutte contre le terrorisme, la drogue et les trafics divers, dernier et non le moindre des fléaux dont la prolifération avait fait de Jolimont Saint-Pierre la récente et dramatique illustration.

Elle proposait que soit tenue en marge du G8, une réunion des responsables policiers au plus haut niveau, en vue de constituer une organisation de coordination dans la guerre que livraient aux trafics de tous ordres les pays les plus industrialisés, mais en ordre dispersé. La délinquance industrielle ferait l'objet d'une attention particulière.

Elle concluait en rappelant les affaires les plus importantes demeurées en souffrance ces dernières années et en soulignant les obstacles et lacunes rencontrés par les enquêteurs, dûs tant au cloisonnement existant entre les services des différents pays, qu'à l'antagonisme que l'on rencontrait souvent entre organisations rivales d'un même Etat.

Londres. G8, mercredi 17 juin 1998. J -563.

Venant de cinq hôtels différents de la capitale, les sept Daimler aux vitres teintées, discrètement encadrées par des véhicules de Scotland Yard arrivèrent en moins de dix minutes devant un immeuble de Carlton Gardens, résultat remarquable pour quiconque connaît la circulation londonienne.

Les véhicules d'escorte les abandonnèrent devant la rampe d'accès où les voitures s'engouffrèrent.

Le représentant français jeta au passage un coup d'oeil vers la façade du numéro quatre. Tous ses compatriotes faisaient de même lorsqu'ils passaient devant ce discret bâtiment de Pall Mall, dont la façade s'ornait d'un texte scellé, aux couleurs de la République. L'appel du 18 juin. Dans un bureau lambrissé du deuxième étage, De Gaulle avait dirigé la France Libre pendant la dernière guerre.

En marge de la grand-messe politique que constitue une rencontre du G8 se déroulait une réunion voulue par les Chefs d'Etats et de Gouvernements présents ce jour-là à Londres. Les huit hommes qui se rencontraient, étaient ce qu'il y a de plus élevé dans la hiérarchie de la Sécurité Nationale de leurs pays respectifs. Ils entrèrent un à un dans la pièce et se saluèrent avant de prendre place autour d'une table ovale. Les présentations étaient inutiles et les poignées de main amicales. Ils se connaissaient tous. Aucun interprète, aucun conseillé n'était présent à la réunion. C'était inutile. L'Américain était le moins polyglotte du groupe. Il ne parlait couramment que quatre langues. Le Russe en pratiquait huit. La réunion se déroulait à Londres et l'Anglais la présidait :

- Messieurs, comme vous le savez, nous sommes mandatés par nos gouvernements respectifs afin de mettre sur pied une agence de renseignements et d'action propre au G8.

Le Canadien intervint immédiatement.

- Vous savez que mon gouvernement a exprimé des réserves quant à la création d'un nouvel organisme policier.

- Nous comprenons vos réticences, approuva l'Américain. Nous ne sommes nous même pas très enthousiastes. Cela étant dit, participerez-vous oui ou non à sa création ?

- Je n'ai pas pouvoir de décision. En fonction du rapport que j'adresserai à mon gouvernement, quant aux objectifs réels et aux moyens demandés, celui-ci fera connaître sa décision.

Le Japonais demanda:

- Cette organisation sera-t-elle strictement limitée au G8 ?

- Je pense que oui dans l'immédiat. Si tout marche bien les patrons pourront décider de l'élargissement à d'autres pays. Mais pas avec n'importe qui et n'importe comment. L'Europe à 6 ou 8 fonctionnait vaille que vaille. A quinze, c'est Alice au Pays des Merveilles.

- Et comment vos partenaires européens vont-ils prendre la chose ? interrogea l'Américain.

- De la même façon que vos amis Mexicains, je suppose, lui fit-on remarquer.

- Je ne comprends pas pourquoi nous avons besoin d'un mini-Interpol, intervint le Canadien.

- Interpol rend de grands services, d'accord, mais ils ne sont pas en totale odeur de sainteté, déclara l'Italien. De plus, que voulez-vous faire de vraiment efficace avec cent soixante-neuf états membres ?

Il pensait à quelques casseroles bruyantes accrochées aux basques de l'Organisation déménagée il y a quelques années de Paris à Lyon. La médaille du Mérite accrochée à la veste de Noriega restait en travers de la gorge du Gouvernement U.S., sans oublier celle de Pinochet. Le Français hocha la tête. Il pensait lui au transfert en 1938 du siège Central d'Interpol à Berlin, sous l'autorité d'un certain Heydrich...

- Et parmi les états membres, combien sont de véritables démocraties ? interrogea le Russe.

Les fantômes rigolards de Staline et Brejnev flottèrent un instant dans la pièce. L'Union Soviétique était devenue membre d'Interpol en

1990 à Ottawa. Depuis, la Russie essayait désespérément d'enrayer une criminalité galopante. La mafia géorgienne paradait dans Moscou en Mercedes 500 et c'est grâce à des informations opportunément fournies par la C.I.A. que la sûreté de l'Etat russe avait réussit d'extrême justesse à empêcher la vente d'un sous-marin nucléaire de classe Typhon, officiers compris. Deux submersibles classiques de classe Tango flottaient dans les eaux de Tripoli.

- Il est vrai, ajouta le Japonais, que nous ne pouvons pas espérer beaucoup d'aide de pays comme la Syrie ou l'Irak pour aider dans la lutte contre le terrorisme. Il y a en plus un obstacle majeur au fonctionnement d'Interpol : ses membres ne peuvent procéder à des arrestations hors frontières, excepté certains officiers de liaison.

- Oublions Interpol, conclut le Canadien, mais cette nouvelle structure, quelles en seront les compétences, le champ d'action, les moyens et la couverture ? Car je suppose que l'on ne va pas faire savoir au monde entier que les huit pays les plus industrialisés au monde se paient une police privée.

- Commençons par la couverture, si vous voulez bien, intervint le Français. Celle-ci en constituera par ailleurs un des objectifs majeurs. Je suggère que nous l'appelions Agence pour l'Environnement. La dioxine de Jolimont Saint-Pierre a rendu notre Président fou de rage. Il a déclaré la guerre aux pollueurs et trafiquants. Sa dernière intervention télévisée se terminait par « nos enfants risquent de nous maudire un jour en voyant l'état de la Terre que nous leur laissons. «

- Je crois, appuya l'Allemand, que nos gouvernements respectifs ne peuvent qu'encourager un raffermissement du contrôle des sources de pollution.

Tout le monde approuva. Les enfants en question commençaient à plus que maudire leurs dirigeants. Pluies acides, trous dans la couche d'ozone, rivières polluées, espèces décimées, effet de serre, déversements sauvages, marées noires, sécheresse, météo erratique, cela commençait à bien faire. Le troisième millénaire devrait consacrer au moins un siècle à réparer les dégâts du second.

- Et comment cela fonctionnera-t-il ?

- Je suggère quelque chose comme le Thames Autority Act, dit l'Anglais.

- C'est à dire ? questionna le Japonais.

- Vous trouverez les explications dans ce dossier. En bref, la Tamise avait atteint un tel degré de pollution qu'il fut décidé de confier à une autorité unique tout ce qui touchait au fleuve, tant au niveau industriel qu'urbain. Les moyens qui leur furent confiés étaient considérables, et leurs décisions avaient force de loi.

- Et que s'est-il passé?

- Quelques années plus tard, on repêchait le premier saumon dans la Tamise.

- On nous fait faire des milliers de kilomètres pour parler de poissons, maugréa l'Allemand.

Tout le monde sourit.

- Bon pour l'environnement jugea l'Italien. Et pour les autres domaines ?

- L'Agence recherchera et coordonnera les renseignements sur les trafics d'armes et de drogue et agira avec ses agents sur nos territoires respectifs, déclara l'Anglais.

- Difficile à avaler, remarqua l'Américain. Nous avons déjà...

- Nous avons tous déjà un F.B.I., coupa le Russe. Les hommes de ce nouveau service collaboreront bien sûr avec les organisations nationales, mais il est grand temps de lutter de façon différente contre une criminalité qui ne connaît pas, elle, de frontières.

- Quel type d'hommes allons-nous recommander ?

- Je les vois parfaitement formés, discrets, dit l'Italien.

- Efficaces, d'un haut niveau de connaissances technologiques, ajouta le Russe.

- Multilingues, capables de se fondre dans toutes les structures sociales, compléta le Français.

- Capables d'aller chercher l'information là où elle se trouve, déclara le Japonais.

- Mes amis, conclut l'Anglais, nous avons tous ces hommes sous la main. La seule question que je me pose, c'est de savoir si on leur attribuera un matricule double zéro.

Tout le monde sourit.

- Passons aux questions pratiques, dit l'Américain.

Berlin, jeudi 12 novembre 1998. J -415.

Agence France Presse - Dépêche.

«La conférence de presse tenue à l'issue du G8 de Berlin a officialisé les rumeurs qui couraient depuis quelque temps.

La nouvelle Agence pour l'Environnement qui siégera à Paris sera chargée par les pays membres du G8 de coordonner leurs efforts dans la lutte contre toutes les formes de pollution.

Interrogé sur le fait qu'il semblait bizarre que cette initiative soit le fait d'un nombre restreint d'états, le porte-parole du G8 a fait remarquer que les pays les plus industrialisés étant malheureusement les plus pollueurs, ils souhaitaient d'abord balayer devant leur porte avant de l'ouvrir à d'autres.

Il a exprimé l'espoir de voir d'autres pays rejoindre l'Agence pour l'Environnement si les efforts entrepris par ses promoteurs se voyaient couronnés de succès».

Virgin Islands, 31 décembre 1998. J -366.

L'intérieur de la pièce faisait penser à un luxueux siège de conseil d'administration. Ce n'était d'ailleurs pas étonnant. A eux sept, ils représentaient plusieurs milliards de dollars judicieusement placés dans d'exotiques paradis fiscaux, sans compter la Suisse, havre depuis toujours de l'argent illicite, fut-il nauséabond.

La ressemblance s'arrêtait au décor. Aucun conseil d'administration n'autorise les tenues déconcertantes que portaient certains des participants, et si l'odeur d'un havane hors de prix était encore tolérée dans les board-meetings de Wall Street, il eût été incongru d'y respirer une forte odeur d'encens.

Le plus âgé prit la parole :

- Etes-vous prêts ?

Un à un ils répondirent :

- Nous le sommes.

Chapitre I

Paris, jeudi 17 juin 1999. J -198.

Le septième et dernier étage du bâtiment abritant l'Agence pour l'Environnement est occupé par le service documentation et enquêtes.

Les autres occupants de l'immeuble ne s'y rendent jamais.

Lors de leur installation, quelques mois auparavant, certains collègues avaient tenté de lier connaissance avec leurs voisins du dessus. Ils avaient essuyé une fin de non recevoir courtoise, mais définitive.

Le septième étage était un club très privé et très particulier.

Les renseignements demandés au service recevaient généralement les réponses appropriées. Grâce à celles-ci, la puissante mafia des hormones sévissant dans le nord de la France et au Benelux avait pu être démantelée. Des listes complètes avaient été portées, comme l'on dit, par un vent favorable, au siège de l'Agence. Elles comprenaient des noms de vétérinaires, de fermiers et des lieux d'abattage clandestins. Une vague spectaculaire d'inculpations et de condamnations à de lourdes peines de prison assorties d'amendes avait été saluée par la presse comme le premier succès majeur de la nouvelle Agence.

D'autres résultats avaient été engrangés auprès des pétroliers qui s'obstinaient à dégazer leurs cuves le long des côtes. Des marins repentants nouvellement embarqués avaient fourni suffisamment de détails et, chose curieuse, de photographies pour infliger d'énormes amendes aux compagnies qui naviguaient sous pavillon de complaisance.

Le septième étage était discret mais efficace. Les renseignements demandés arrivaient, ce qui était l'essentiel aux yeux de tous. Il n'était pas structuré comme un service traditionnel. Le chef de la délégation française agissait auprès de ses collègues en hôte attentif et prévenant.

Le Vicomte Thierry Ronquières d'Archambeau était capitaine de vaisseau par tradition familiale. La noblesse des Archambeau remontait à la troisième Croisade. Originaires de Bretagne, ils avaient fourni à la France autant de pirates que d'amiraux, et leur réussite dans deux carrières aussi opposées mais toujours vouées à la mer avait donné à la famille une aisance financière leur permettant de mener leur carrière militaire avec un dilettantisme narquois. Deux guerres mondiales rapprochées avaient permis à son grand-père de finir vice-amiral d'escadre, mais la paix revenue avait jeté son père dans les grandes compétitions solitaires.

Son multicoque n'était un jour pas revenu de la Route du Rhum ce qui était, disait son fils, une fin honorable mais paradoxale pour un homme qui ne jurait que par le vieux calva.

Le Vicomte d'Archambeau aurait sans doute un jour porté les galons d'amiral si, jeune frégaton, il n'avait, chargé d'analyser une manoeuvre, déclaré que son concepteur eût été mieux à sa place en commandant une marie-salope sur la Seine.

Bien que tout le monde s'accordât à reconnaître en privé la pertinence de cette analyse, il avait eu le tort de la faire lors d'une réunion d'état-major que présidait l'amiral créateur du plan ainsi mis à mal.

Versé aux oubliettes d'un arsenal, il en avait été opportunément extrait par un ami de la famille qui venait de prendre ses fonctions de Directeur Général Adjoint du SDECE.

Il avait donc renoué avec la seconde des traditions familiales, la piraterie et le renseignement présentant des similitudes certaines, et avait brillamment réussi dans celle-ci.

Paul Macheron, son adjoint, était son antithèse. Physiquement, d'Archambeau était grand, d'une élégance sourcilleuse et tout dans son allure sentait son grand siècle.

Macheron, commissaire divisionnaire, était épais et massif, parlait en roulant les R et ses tenues, sans être franchement béruréennes[1] avaient toujours l'air de n'être jamais repassées. Cette bonhomie rondouillarde cachait un esprit analytique extraordinairement vif.

Deux balles dans un poumon et une consommation abusive de Gauloises sans filtre l'avaient condamné à renoncer au terrain où il excellait et la proposition de rejoindre la nouvelle équipe l'avait enchanté, alors qu'il se voyait voué à un placard anonyme dans un service qu'il avait adoré.

Genève, vendredi 9 juillet 1999. J -176.

Le ciel est parsemé de satellites Geosat qui expédient minute par minute des images aux instituts météorologiques, grâce à quoi la prévision du temps a quitté le stade de la pratique divinatoire pour devenir une science quasi exacte.

Les grêlons, constitués de glace, se forment dans les nuages orageux à grand développement vertical que sont les cumulonimbus.

- Regarde ce qui nous arrive, dit Jean Verkampf de l'Institut Météorologique de Lausanne.

Il désignait à son collègue une photo où l'on voyait des formations nuageuses qui se développaient au sud de Genève.

- On dirait le stade de développement d'un superbe orage.

- Les conditions sont idéales pour de la grêle, confirma Verkampf. Voyons la suite.

Le développement de pareils phénomènes est rapide. Dans les vingt minutes qui suivirent, les experts assistèrent comme en direct au stade de maturation.

1 En hommage à San Antonio.

- Ça va cogner dur. Quelle heure est-il ?

- Quatre heures moins vingt. Je téléphone à la radio.

Quelques minutes plus tard, la radio helvétique prévenait ses auditeurs d'un violent orage imminent avec fort risque de grêle.

Une demi-heure après, les deux scientifiques de plus en plus inquiets observaient les photos du stade de dissipation. Les cumulonimbus atteignaient onze mille cinq cent mètres d'altitude. Dans un orage de dimension moyenne, l'énergie de condensation de l'eau atteint 10^{16} joules, soit septante fois la bombe d'Hiroshima.

Cet orage sans battre des records, était pour le continent européen d'une puissance phénoménale. Il devait produire trente-cinq mille tonnes de glace répandues en une dizaine de minutes sur une surface d'un peu moins de cent cinquante kilomètres carrés.

A Genève, à cinq heures, il faisait noir comme en pleine nuit.

L'orage se déchaîna. La circulation s'arrêta et certains automobilistes dont le pare-brise avait explosé sous la violence des impacts des grêlons sortirent précipitamment pour se mettre à l'abri. Plusieurs d'entre eux furent grièvement blessés. La télévision diffusa des images de rues noyées sous une mer de boules blanches. Certaines atteignaient neuf centimètres de diamètre.

Genève, 9 juillet - 20 heures.

L'homme donna six coups de téléphone le soir même.

- Le signe que nous attendions s'est produit ici, à Genève. Commencez les opérations.

Florence, lundi 12 juillet 1999. J -173.

L'Italie est immortelle. D'avoir survécu à près de trois mille ans de soubresauts, de conquêtes et d'envahissements, d'avoir adoré cent dieux avant d'être le pays du catholicisme, tout cela a façonné le génie italien, fait d'intelligence et de subtilité, de superstition et de foi baroque. Parmi toutes les villes de la péninsule, Florence est la plus belle, et ses habitants les plus italianissimes, tant et si bien que même les Milanais, pour qui le mezzogiorno commence à la banlieue sud de Milan reconnaissent aux Florentins une égalité sur le plan de la culture et de l'esprit.

Ce jour là touristes et habitants participaient à la cohue organisée qui constitue l'essence même de la circulation transalpine, pédestre ou automobile. Le Ponte Vecchio enjambait un Arno rendu anémique par une sécheresse persistante.

De l'amont parvint une rumeur grandissante. La circulation s'arrêtait et les passagers descendaient de leur véhicule, en montrant avec de grands gestes le cours de la rivière.

La première à distinguer la cause de ce vacarme fut une touriste japonaise. Elle cria. A côté d'elle, une vendeuse d'une des nombreuses maroquineries du Ponte Vecchio commença à se signer interminablement, bientôt imitée par d'autres.

Le vacarme devint indescriptible.

Les eaux de l'Arno étaient rouge sang.

∗

Giancarlo Matteoli était à Rome quand la R.A.I., relayée par toute la presse italienne en mal de sensationnalisme en cette période estivale, se fit largement l'écho du phénomène survenu la veille à Florence.

Une grand-mère suédoise lui avait légué sa blondeur et ses yeux gris clair. Beaucoup de ses compatriotes, ignorant son identité, commençaient souvent par le complimenter sur la qualité de son italien, le confondant avec un junker prussien dont il avait le physique et les allures raides. Ils étaient surpris d'apprendre qu'il était né dans les quartiers populaires de Naples.

Entré à la Guardia della Finanza comme on entre en religion, il avait été un des collaborateurs les plus estimés du juge Di Marco, celui-là même qui avait en son temps fait de la prison romaine Regina Coeli un des endroits les plus huppés de la capitale.

La fin de *Manu Pulite* et un semblant de remise en ordre dans les moeurs politiques italiennes l'avaient laissé orphelin d'une juste cause à combattre. Un nouveau défi lui avait été proposé par Di Marco lui-même, devenu depuis et redevenu ministre.

Il avait été nommé chef de l'antenne italienne de l'Agence pour l'Environnement et terminait une longue enquête qui l'avait menée sur les traces de déversements de boues toxiques dans l'Adriatique.

Les journaux ne parlaient ce matin que du fleuve de sang.

Même l'Osservatore Romano avait publié un communiqué mettant ses lecteurs en garde contre toute interprétation surnaturelle d'un phénomène normalement explicable.

Les prélèvements effectués démontrèrent qu'il s'agissait d'un dérivé très concentré de l'amarante, colorant rouge d'une rare puissance. Sa présence dans les eaux de l'Arno n'avait aucune explication logique. Mais avant que les résultats de ces analyses ne fussent rendus public, la presse internationale avait largement eu le temps d'ironiser sur le phénomène, les uns parlant de visions éthyliques, d'autres suggérant la fabrication et le déversement d'un chianti de contrebande totalement imbuvable qui pouvait expliquer le rougissement de l'Arno.

Le très sérieux Times de Londres concluait son article en racontant l'histoire du vieux viticulteur italien transmettant sur son lit de mort son secret à ses enfants. «Mes fils, on fait du vin avec tout, même avec du raisin».

Bien que l'affaire ne l'intéressât que médiocrement, Matteoli décida de faire un détour par Florence avant de regagner Paris. Il adorait cette ville et consacrait quelques heures à flâner dans les rues et aux Offices, chaque fois qu'il avait l'occasion de se rendre dans la capitale toscane. Après cela, il s'offrait un des apéritifs multicolores d'une taverne proche du Porcellino. Il se sentait alors parfaitement heureux.

C'est dans ces dispositions d'esprit qu'il accueillit son ami Pietro Venturi, commissaire principal qui partageait avec lui la passion de sa ville mais ayant la chance d'y être né, avait choisi d'y faire sa carrière, refusant avec obstination toute idée d'une mutation à Rome même suivie d'avancement.

- A qui as-tu fait tes dévotions aujourd'hui ? demanda Venturi.

- Botticelli, comme d'habitude.

- Giancarlo, je crois être le seul à connaître les causes de ton célibat.

- Dis-moi.

- Tant que tu n'auras pas trouvé le sosie de la Venus sortant de l'Onde, tu ne te marieras pas.

- Je n'ai pas eu ta chance.

Amateur de peinture, féru de Raphaël, Venturi avait épousé Laura, qui avait le charme délicat et la douce rondeur de la Vierge à la Chaise.

Ils trinquèrent, savourant la douceur de l'après-midi.

- Alors, attaqua Matteoli, et cette mystérieuse affaire ?

- A l'heure actuelle, on a identifié le produit et la zone approximative de déversement. Basta. Le colorant est un dérivé extrêmement concentré de l'amarante.

- C'est peu.

- D'accord, et si ce produit ne coûtait pas les yeux de la tête, je penserais à une farce d'étudiant. Et encore, si c'étaient des étudiants, ils auraient laissé des traces, des indices, ou lancé une revendication en forme de pied de nez. Ici, rien. Pourtant on a calculé que pour obtenir ce résultat, pas moins de vingt fûts avaient dû être déversés incognito. Du travail de pro, conclut-il.

- Bizarre. Des pros ne jettent pas sans motif quelques centaines de millions de lires.

- Je ne te le fais pas dire. Et, ajouta Venturi, c'est l'absence d'indices et de motivations qui font que cette affaire, je la sens mal. Bien sûr, la presse va se calmer. Dans quelques jours, on n'en parlera plus, à part quelques excités du paranormal. Mais crois-moi, il y a quelque chose là-dessous. Je te dis que je la sens mal.

Matteoli faisait confiance aux intuitions de son ami, célèbres dans la police florentine.

Lui aussi se sentait mal à l'aise. Il haussa les épaules.

- On verra bien, et il fit signe au garçon de renouveler les consommations.

Côtes anglaises, mardi 13 juillet 1999. J -172.

Le puissant Cabin Cruiser termina son périple autour des côtes est de l'Angleterre dans les environs de Hull. Il avait déjà fait quatre arrêts le long de plages désertes, près de Torquay, Portsmouth, dans l'embouchure de la Tamise et à King's Lynch dans le Norfolk.

A chaque escale, deux caisses avaient été amenées à terre et ouvertes. A chaque fois, deux éclairs bruns avaient jailli et disparu dans la nuit.

Bouches du Rhône, le 13 juillet 1999.

Les huit camions-citernes lourdement chargés quittèrent la cabane un peu avant minuit, par groupe de deux. Portant les sigles d'une importante société pétrolière, ils ne devaient pas attirer une attention particulière. Ils roulèrent pendant plusieurs minutes avant de quitter la vaste zone clôturée par excès de précaution. Le coin était très à l'écart de toute activité humaine et sa nature marécageuse décourageait curieux et touristes.

Derrière les deux derniers camions, les lueurs d'un incendie éclairèrent la nuit. Toute trace de l'étrange ferme et de son curieux élevage allait disparaître.

**Autoroute A6, mercredi 14 juillet 1999. Après Valence.
J -171.**

Les gros embouteillages avaient été évités de justesse.

Jan et Hilde Vandenboogarden avaient pour ce faire quitté Nimè-gue la veille dans l'après-midi.

Ils espéraient arriver avant les bouchons qui se forment imman-quablement les jours de grande migration. Les enfants dormaient en-core dans l'inévitable caravane que tractent tant de touristes hollandais.

Le soleil se levant sur leur droite parait le Rhône de mille scintille-ments pourpres. La journée s'annonçait belle. A cent mètres devant lui, une Porsche qui venait de le dépasser à vive allure fit une brusque em-bardée.

Une Mégane qui la suivait dérapa sur une dizaine de mètres avant de redresser. Inquiet, Vandenboogarden freina légèrement par mesure de précaution. Sa voiture dérapa soudain, après une série de soubresauts, puis sa caravane, d'abord à angle droit avec sa Volvo tournoya au milieu de l'autoroute et l'entraîna heurter le rail de sécurité central dans un grand froissement de tôles.

Hébétée, sa femme sortit de la voiture pour voir si les enfants qu'elle entendait crier n'étaient pas blessés. Puis, son mari l'entendit hurler, un cri profond de terreur pure, qui le propulsa hors de sa voiture.

Tétanisée, elle criait en fixant la route. Jan, bon hollandais placide, se mit à trembler. Dans la semi-pénombre, l'autoroute avançait vers eux accompagnée d'un grondement sourd. Une mer de grenouilles avançait vers eux, traversant la route pour rejoindre les eaux du fleuve proche. Empoignant leurs enfants, ils se mirent à courir comme des fous, droit devant eux.

Bien leur en prit. Les voitures lancées à toute allure commençaient à se heurter dans un grand bruit de ferraille.

Quatorze morts et une centaine de blessés allaient marquer ce que la presse allait appeler le «Matin des crapauds».

L'émotion soulevée par l'accident se raviva quand des experts interrogés sur la nature du phénomène avouèrent leur perplexité.

Celle-ci se fondait sur plusieurs éléments.

Le premier était que ces batraciens n'avaient strictement rien à faire à cet endroit.

On pouvait concevoir que l'appel de l'eau toute proche les ait conduits sur l'autoroute, mais dès lors leur origine était incompréhensible. Le Rhône à cet endroit est trop rapide pour favoriser l'éclosion de têtard, et de l'autre côté de la voie, le pays provençal est trop sec.

Le second était la race des batraciens incriminés. La Rana Castelbana est originaire d'Amérique du Nord. Cette espèce, avec des femelles atteignant vingt centimètres de long, a outre sa taille une autre caractéristique. Elles pondent jusqu'à vingt mille oeufs en une fois, mais attachés en une masse unique aux feuilles aquatiques, et la période de reproduction s'échelonne entre mars et août.

Ces grenouilles adultes semblaient tombées du ciel.

Hornisgrindle. R.F.A., lundi 19 juillet 1999. J -166.

La puanteur était infernale, provenant de casemates oubliées de la défunte ligne Siegfried.

Elles étaient isolées dans les bois peu fréquentés, et des panneaux Verboten ! Achtung ! et Gefahr ! accrochés de loin en loin aux grillages avaient suffi à écarter d'éventuels curieux.

Un rayon de trois kilomètres était suffisant pour que s'amenuisent les puissantes odeurs que dégageaient les lieux. Suffisant également pour que l'on ne puisse entendre un bourdonnement sourd audible à plusieurs centaines de mètres.

Vêtus d'une tenue totalement hermétique qui rappelait un scaphandre de cosmonaute, les trois hommes se séparèrent, et à travers le dédale de couloirs bétonnés reliant les casemates, se dirigèrent chacun vers un pupitre.

Arrivés à destination, ils consultèrent leur chronomètre.

A quinze heures précises, ils cassèrent simultanément la vitre de protection d'un boîtier et poussèrent sur une commande.

Trois portes distantes chacune d'une cinquantaine de mètres glissèrent sur leurs rails. Elles avaient à peine parcouru quelques centimètres que les premiers criquets sortirent et s'envolèrent.

Pendant plus d'une heure, les installations vomirent plusieurs millions d'insectes.

Puis les trois hommes refermèrent les portes et rejoignirent un combi Volkswagen près duquel ils se déshabillèrent en silence. Le véhicule démarra et s'arrêta quelques centaines de mètres plus loin. Le conducteur prit un boîtier de télécommande et appuya sur une touche.

Une série d'explosions secoua le sol.

- TNT et phosphore, aucune trace, murmura le chauffeur.

Il embraya.

Ferschen, le 19 juillet 1999.

Petit hameau d'une centaine d'habitants, Ferschen fut le premier village témoin de la voracité des millions de criquets qui s'abattirent sur les champs proches.

Ils devaient encore faire parler d'eux pendant plus d'une semaine, et ravager des centaines d'hectares sur lesquels plus rien ne subsistait avant que des moyens d'extermination massive ne fussent mis en oeuvre pour en venir à bout.

Leur célébrité était due autant à leur spectaculaire voracité qu'à leur nature.

L'espèce en question, la Locusta Migratora était plus familière en Europe méridionale et en Afrique du Nord. Il fut remarqué que si l'explosion démographique des criquets engendre une phase migratoire, on peu à tout le moins voir celle-ci précédée d'une phase solitaire, les insectes restent alors au même endroit.

Jamais en Allemagne on n'avait vu de Locusta Migratora.

Paris, vendredi 23 juillet 1999. J -162.

- Après les grenouilles, les sauterelles, murmura pensivement Macheron.

- La nature devient folle, décréta Lucas. Roger «Rodji» Lucas avait trente ans. Fils naturel de la Guerre des Etoiles et de Microsoft, il était titulaire de six condamnations pour piratage informatique dans le cadre de son adhésion sans réserve à Greenpeace.

S'introduisant sans vergogne dans les ordinateurs de sociétés, il en tirait les informations qui alimentaient les combats de l'organisation verte, mais n'avait pu s'empêcher de signer ses exploits d'un poing vengeur avec majeur levé suivi de la légende «Yoda vous salue bien...». Son nom était sans doute pour quelque chose dans la passion qu'il vouait à Star Wars.

Son actuel patron, Arthur J. Winmere troisième du nom, l'avait embauché après que le F.B.I. ait réussi à le coincer. Pareil talent méritait mieux que la prison.

Winmere, ancien directeur à Langley considérait sa nomination en Europe comme une sorte de disgrâce dont il n'avait pu déterminer les causes. Puritain assez rigide, il avait le physique des grands commis de l'Etat que l'on voit dans les séries américaines.

D'Archambeau l'avait comparé aux conquérants de l'Ouest, colt dans une main, Bible dans l'autre. Winmere en citait volontiers des extraits pour souligner les perversions d'un monde pourri.

Même au sein de l'Agence pour l'Environnement, les conversations hors service tournaient autour des aberrations de la nature.

Le caractère soudain de leurs apparitions et le manque d'explications scientifiques et rationnelles à leur présence étaient pain béni pour les médias qui s'en donnaient à coeur joie.

- Je me demande... murmura Macheron, et il se dirigea vers la bibliothèque d'où les autres l'entendirent proférer un sonore «Nom de Dieu».

Il revenait une bible à la main. Remarquant l'air de stupéfaction de son coéquipier, d'Archambeau lui dit :

- On dirait que tu as vu un fantôme ?

- A peu près, oui.

- Au fait, mon vieux, le pressa l'américain.

- Je m'étonne que vous, Winmere, n'ayez pas encore compris. L'Arno qui devient rouge, les grenouilles, les sauterelles, et ... mais oui, bien sûr, la grêle à Genève. Cela a peut-être l'air incroyable, mais pour moi, il y a quelque part une bande de cinglés qui jouent à l'Ancien Testament. Nous sommes en train de revivre le début des dix plaies d'Egypte. Regardez. Tous lurent attentivement le chapitre de l'exode relatant la lutte de Moïse tentant de faire sortir son peuple d'Egypte.

Le Seigneur dit à Moïse : «Dis à Aaron. Prends ton bâton et étends la main sur les eaux de l'Egypte... pour que ces eaux deviennent du sang. Il y aura du sang dans toute l'Egypte, dans les tonneaux et dans les auges».

Et plus loin :

Le Seigneur dit à Moïse : «Va trouver le Pharaon, et dis-lui : Voici ce que dit le Seigneur : Laisse aller mon peuple afin qu'il aille me rendre un culte. Si tu t'y refuses, je vais infester de grenouilles tout ton territoire.»

Et là, encore :

Moïse et Aaron allèrent trouver le roi et lui dirent: «Voici ce que dit le Seigneur, le Dieu des Hébreux : Jusques à quand refuseras-tu de t'humilier devant moi ? Laisse aller mon peuple afin qu'il me rende son culte. Si tu t'y refuses, je ferai venir demain des sauterelles sur ton territoire».

- Holy shit, conclut Lucas.

- Il doit s'agir d'un hasard, avança Matteoli.

- Ce n'est pas fort sérieux, renchérit Hoïchiro Kendo, le Japonais.

Douglas Andrew, anglais flegmatique, secoua la tête en demandant :

- Et qui aurait intérêt à ce genre de plaisanterie stupide ?

Troublé, d'Archambeau murmura :

- Je ne jurerais pas qu'il s'agisse d'une plaisanterie. Pas à ce niveau de coût et de sophistication. Attendons la suite.

Hambourg, lundi 26 juillet 1999. J -159.

Macheron n'avait, hélas, pas été le seul à opérer le rapprochement. Dietrich Müller, journaliste au Bild avait ramené d'un voyage en Egypte une véritable passion pour ce pays.

Il s'était brusquement souvenu de la lecture ancienne d'un article qui tentait de donner une explication scientifique raisonnable à certains phénomènes décrits par la Bible.

Il rédigea son article en détaillant chronologiquement les récents événements, en insistant sur le caractère mystérieux et spontané de ceux-ci.

Le Bild ne fait généralement pas dans la dentelle.

C'est à la Une, sous la manchette géante «La fin du monde ?», que le journal proposa le fruit de ses recherches à ses millions de lecteurs.

Müller concluait par la liste des malheurs à venir :

- Hommes et bêtes couverts de moucherons
- Insectes
- Animaux frappés de la peste
- Ulcères et tumeurs dans les hommes et les animaux
- Ténèbres couvrant la terre
- Mort des enfants premiers nés.

Il terminait par cette interrogation en caractères gras : «La prochaine : Où ? Quand ? Comment ?»

C'était un scoop de rêve. Reprise par la presse internationale, l'information du Bild fit dès le lendemain les manchettes des journaux populaires, les plus sérieux ne pouvant faire autrement que d'admettre une certaine logique dans le raisonnement de Müller, sans partager ses conclusions catastrophiques.

Les mois de vacances sont ceux où la pénurie d'informations ressuscite cycliquement le monstre du Loch Ness.

Pour les journalistes en mal de copie, les Plaies d'Egypte étaient pain béni.

On vit sur les écrans de télévision prophètes et voyants s'affronter Bible en main à des scientifiques qui n'avaient, en ce qui concerne les grenouilles et les sauterelles, à opposer à leurs divagations ésotéricoreligieuses que l'absolue certitude de la nature explicable des phénomènes incriminés.

Il s'était avéré patent que l'Arno avait été rougi chimiquement, ce qui ne troublait pas les tenants d'une intervention divine.

- Pourquoi Dieu utiliserait-il des colorants artificiels ?

- Pourquoi n'en utiliserait-il pas ?

- Pourquoi des phénomènes limités dans l'espace et le temps ?

- Parce que Dieu dans son infinie bonté ne voulait pas encore punir mais prévenir.

- De quoi ?

- Du châtiment proche.

La boucle était bouclée.

Les moucherons et insectes apparurent partout à la fois. Quelques taons dans un bois, un essaim d'abeilles, voire quelques mouches sur une vitre se voyaient multipliés par mille.

Les standards des postes de police, des pompiers et des journaux se virent inondés par des centaines d'appels angoissés.

La psychose grandit, alimentée par la rumeur, enflant au gré des exégèses de Nostradamus, multipliée par les médias.

Les premiers pénitents apparurent dans les rues.

Paris, mercredi 28 juillet 1999. J -157.

« De maison sept par mortelle suite
Gresle, tempête, pestilent mal, fureur
Roy d'Orient, d'Occident, tous en fuite
Subjuguera ses jadis conquéreurs».

Il paraît, déclara d'Archambeau en refermant son journal, que sept représente le G7. Cette centurie signifierait que la grêle, la peste et l'épidémie nous frapperont, avec en prime nos chefs d'état en fuite. C'est Nostradamus qui l'affirme.

- Il se trompe, nous sommes huit, objecta Kendo.

Winmere haussa les épaules.

- Et vous vous figurez que ce genre de détails les arrête ?

- Les croyances c'est l'opium du peuple, fit narquoisement remarquer Vlassov.

Viktor Evguenitch était le chef de la délégation russe. Il était considéré par sa hiérarchie comme suffisamment dangereux pour s'être vu imposer sa présente affectation.

Lieutenant-général au sein du défunt Komitet Gossoudarstvennoi Bezopanosti, c'était un petit homme rondouillard aux yeux de myope chaussés de lunettes rondes, doté d'un teint fleuri et d'une totale calvitie qui lui donnait l'air d'un bon père de famille, ce qu'il était par ailleurs.

Sa diction lente et la recherche soigneuse d'un vocabulaire patelin lui avaient donné, place Djerninsky, le surnom d'extrême-onction ; onction pour sa façon de s'exprimer et extrême pour la féroce indifférence qu'il mettait à éliminer quiconque se mettait en travers de sa route.

Ayant commis l'erreur, et ce pour la première fois, de se tromper lors de la guerre pour la succession à Boris Elstine, Vlassov était devenu un membre permanent de l'Agence pour l'Environnement, ses compatriotes lui ayant suggéré que son séjour parisien était bien sûr la juste récompense de ses talents, mais que tout retour non expressément requis se solderait par un très long repos à la Lioublianka.

- A propos de croyances, avez-vous remarqué les files devant les églises ? fit remarquer Hoïshiro Kendo.

- Réflexe normal, grommela Winmere. Quand tout va bien, on communie devant la T.V. Quand ça va mal... Il fit un geste évasif.

- Voyons toujours ce qu'en pense Sperlitz.

Le responsable allemand était en Allemagne. Son premier rapport était laconique. On avait retrouvé une importante concentration de criquets dans les bois proches de Ferschen, à proximité d'anciennes installations de la ligne Siegfried, lesquelles avaient été dynamitées et incendiées. Pour lui, l'intention criminelle ne laissait aucun doute.

Matteoli intervint :

- J'ai reçu le rapport préliminaire de l'enquête menée à Florence. Les services de mon ami Venturi ont déterminé le lieu probable de déversement dans l'Arno. Ils ont inspecté toutes les habitations et installations sur deux kilomètres en amont et en aval de ce point supposé et sont finalement tombés sur une masure isolée, distante de cent cinquante mètres du fleuve. Ils ont découvert un passage soigneusement dissimulé derrière un tas de vieux débris, et qui donnait sur une cave. Dans celle-ci il y avait un bassin d'apparence récente, parfaitement propre. Ils ont néanmoins trouvé quelques traces de colorant dans de nouvelles canalisations enterrées profondément.

Venturi suppose que le réservoir avait été bâché. Du bon travail de pro. C'est sa conclusion.

- En France, déclara d'Archambeau, un rapport de police signale un témoignage de campeurs qui avaient quitté les Saintes-Maries-de-la-Mer en direction d'Arles. Ils ont cru voir un incendie et ont prévenu les pompiers. Ceux-ci ont trouvé les restes calcinés de quelques cabanes en bois, mais également la présence beaucoup moins anodine de vastes bassins bétonnés. Ils ont également noté une concentration anormale de grenouilles dans les environs.

- Des Rana Castelbana, je suppose ?

- Gagné. Tout concorde. Nous pourrions être en présence d'une organisation puissante dotée de moyens considérables.

- Et la grêle ? demanda Vlassov.

- J'ai consulté la météo. Chaque année en été, on compte de nombreux orages de grêle. Le hasard a voulu que celui-ci soit particulièrement puissant et spectaculaire. Remarquez par ailleurs que les phénomènes ont commencé directement après celui-ci. Le lieu où il est tombé est un facteur aléatoire.

- Pourquoi dites-vous cela ?

- Si nous partons de l'axiome «Cherchez à qui profite le crime» nous pouvons considérer deux hypothèses de travail. La première pourrait consister en une entreprise de déstabilisation des pouvoirs en place orchestrée par un ou plusieurs mouvements terroristes. Ils en ont les moyens. La Suisse ne cadre pas avec cette idée. On ne dynamite jamais son propre coffre-fort.

- Et la seconde ?

D'Archambeau se tourna vers Kendo :

- Vous avez donné la réponse : les fidèles qui affluent.

Winmere sursauta.

- Vous ne voyez tout de même pas le Vatican commanditer ces voyous ?

- Ni le Pape, ni l'Archevêque de Canterbury. Mais que penseriez-vous de mouvements de type Aoum ou Temple du Soleil ?

- Nom de Dieu, jura Macheron.

- Examinons les deux hypothèses, encore qu'elles puissent se confondre : nous sommes confrontés à des gens qui disposent visiblement de moyens considérables. Si nous admettons le remake de la Bible, et j'y crois, il ne peut s'agir que d'une stratégie de la terreur. Pour l'instant, nous avons eu les plaies mineures. Relisez les textes et vous constaterez que le plus dur est devant nous.

- Nous avons la mouvance terroriste, dit Vlassov.

- Je n'y crois pas tellement.

- Et pourquoi ?

- En général les terroristes revendiquent leurs actions.

- Cela peut venir plus tard, intervint Kendo.

- Oui, concéda d'Archambeau. Mais leurs procédés sont rarement aussi subtils. Ils tuent, posent des bombes, font sauter des avions.

- On ne peut pas les exclure pour autant.

- Non. On pourrait même envisager une association avec des sectes. Certaines sont très proches des idées d'extrême droite.

- Quel serait le profit pour les sectes ? demanda Macheron.

- Il est évident. Nous sommes à six mois de la fin du millénaire. Dans pas mal d'esprits, ce genre de date s'assimile à une catastrophe, voire même à la fin du monde.

Au fur et à mesure des plaies, les plus crédules vont se tourner vers n'importe quoi.

Les églises traditionnelles ont perdu beaucoup de crédit et proposent un discours figé, voire rétrograde, face aux mutations de la société. Les sectes sont là pour répondre aux attentes des plus vulnérables, mais elles font payer au prix fort la chaleur humaine et le réconfort qu'ils viennent y chercher.

- Bravo, Professeur ! s'exclama Vlassov.

- Il y a une autre possibilité, murmura Kendo. Une association sectes-politique.

- N'est-ce pas aller un peu loin ?

- Prenez le cas de mon pays. La Soka Gakkai dit compter huit millions de fidèles. Même si les experts ne leur en accordent que la moitié, cela fait encore beaucoup de monde. Avec des revenus situés entre 200 et 300 milliards de yens, ils ont pu fonder un Parti, le Komeito, qui a compté jusqu'à cinquante-deux députés sur les 511 de la Diète japonaise. Ils ont leur propre université et contrôlent un journal, le Sheiko Shimbum qui tire à cinq millions d'exemplaires.

Kendo parlait en connaissance de cause. Chef de la police d'Hokkaïdo, il y avait développé des structures d'une rare efficacité, mais une enquête un peu trop musclée impliquant un des dirigeants locaux de la Soka Gakkaï lui avait valu de devenir la cible privilégiée du journal, qui avait comparé ses méthodes à celles de la défunte Kempetaï, la Gestapo japonaise des années trente.

Il avait été rapidement muté dans un service de documentation à Tokyo d'où une hiérarchie très sceptique vis à vis de la nouvelle Agence l'avait sorti. Sa nomination à Paris avait des allures d'exil.

Winmere opina du chef.

- Je suis d'accord. Les implications des sectes avec la politique sont une réalité. Moon est en train de se payer une bonne partie de l'Uruguay après qu'il ait dû quitter les U.S.A. pour une affaire de fraude fiscale. Je ne parle même pas des financements de campagnes électorales par les églises de chez nous.

- Pensez-vous réellement que ce type d'organisation va risquer son existence dans ce genre de coups tordus ? demanda Macheron.

Vlassov intervint :

- Je pense que non. Mais les sectes sont des nébuleuses. Il y a les plus connues que nous pouvons considérer à priori comme innocentes, encore qu'elles produisent parfois des déviations dangereuses.

Winmere approuva.

- Exact. Les Davidiens de Waco étaient une dissidence des Adventistes du 7e jour, eux-mêmes issus des Témoins de Jehovah.

- Nous avons une base de départ déclara Vlassov. Je suggère que nous envoyions une note de synthèse à nos gouvernements respectifs. L'affaire est simple. Il faut enquêter sur les mouvements terroristes et sur les sectes liées ou non à la politique et aux mafias diverses.

- Vaste programme, soupira d'Archambeau.

- Pour ne pas trop effrayer nos dirigeants, indiquons que nous pensons laisser de côté les mouvements quasi institutionnels, dit Winmere.

- Dans le fond, demanda Macheron, quelle est la différence entre une église et une secte ?

D'Archambeau répondit :

- J'aime assez la définition d'Ernest Renan : une église, c'est une secte qui a réussi.

*

Toutes les réponses aux rapports transmis marquaient un scepticisme à peine poli.

En substance, les autorités compétentes suggéraient que l'Agence s'occupe d'affaires sérieuses plutôt que de se laisser aller à des spéculations hasardeuses.

Une note acerbe contre toute velléité revancharde terminait la lettre adressée à Kendo.

Londres, 10 Downing Street. Vendredi 20 août. J -134.

Un Etat-major de crise était réuni autour du Premier Ministre. Ses participants étaient confrontés à un des pires cauchemars du Royaume-Uni.

En cinq endroits différents, le long des côtes, des cas de rage avaient fait leur apparition, avec une simultanéité troublante.

- Sommes-nous sûrs que le nombre de foyers d'infection est limité à cinq ? interrogea le Premier Ministre.

Son collègue de la Santé lui répondit :

- Pas absolument certains. On nous signale des cas de rage dans tout le pays, mais cela doit tenir de la psychose collective. Si les journaux pouvaient se calmer un peu.

Il montrait les Unes du Sun et du Daily Mirror barrées de RABBIES de quinze centimètres de haut.

- En tout état de cause, nous pouvons tenir cinq foyers pour indiscutables.

- Et qu'elle est l'origine de cette épidémie ?

Ce fut le ministre de l'Intérieur qui répondit :

- Nous en sommes réduits aux conjectures. Je dirais importée.

- Vous pensez à un acte volontaire ?

- Selon toute vraisemblance, oui. Cinq foyers d'infection, peut-être plus, détectés quasi simultanément le long des côtes, ce n'est pas un hasard. Je pense à un débarquement d'animaux enragés. Des renards, sans doute.

- Pourquoi des renards ?

Le ministre de l'Agriculture répondit :

- Parce qu'ils constituent le réservoir naturel du virus. C'est la seule espèce qui assure la pérennité de l'infection.

- Admettons. Et qu'avons-nous fait jusqu'à présent ?

Nous avons prit contact avec les Français et les Suisses. Leur expérience en la matière est considérable. Les Suisses ont été pendant longtemps les seuls à appliquer sur le terrain la vaccination antirabique par virus atténué, après les études des Américains Bauer et Winkler.

Les Français, eux, ont utilisé un vaccin constitué par un virus mutant. Je vous passe les détails techniques. Ils sont les seuls à avoir testé sur une grande échelle les trois grands types de vaccins disponibles commercialement.

- Et comment fait-on en pratique ?

- Depuis 1988, on largue des appâts par hélicoptère. Chaque kilomètre carré en reçoit en moyenne treize. Avec quatre appareils, on peu couvrir trois mille kilomètres par jour. Si l'on effectue six campagnes, le nombre de cas de rage est réduit de nonante-huit pour cent.

Dans certaines situations la maladie disparaît après deux campagnes. Cela dépend des conditions particulières ou de la qualité du vaccin utilisé.

- Vous êtes donc optimiste ? demanda le Premier.

- Raisonnablement. Nous en viendrons certainement à bout : c'est une question de temps. Il va falloir vacciner aussi tous les animaux domestiques. Tous les services vétérinaires du pays sont sur pied de guerre. Nous avons également organisé des battues visant à abattre un maximum de renards dans les zones infectées.

- Pas de problèmes en perspective avec les défenseurs de l'environnement ?

- Non, ils sont trop conscients de l'importance de l'enjeu.

- Parfait. Nous allons entreprendre une vaste campagne d'information. Une interpellation est prévue aux Communes après-demain. Je souhaiterais que les chaînes de télévision en diffusent de larges extraits à une heure de grande écoute. Il faudra également convoquer une conférence de presse.

- Que dirons-nous concernant l'origine de l'épidémie ?

- Quel est votre avis, mesdames et messieurs ?

- Je ne crois pas qu'il soit opportun de mentionner que nous croyons qu'il s'agit d'une attaque délibérée contre notre territoire, nota le ministre de l'Agriculture. Ce serait la panique.

- D'accord, approuva son collègue de l'Intérieur. Pensez aux récents événements survenus sur le continent ; dans la liste des fléaux, la peste animale est la suivante sur la liste. Je suggère que nous parlions d'une erreur des services vétérinaires.

- Le public va vouloir des têtes.

- Une enquête administrative, c'est long. D'ici là nous aurons sans doute identifié les coupables.

- Qui sont-ils d'après vous ?

- Je n'ai pas d'idée précise, avoua le ministre de l'Intérieur. Mais j'ai ici un rapport que nous avait envoyé Douglas Andrew, notre homme à l'Agence pour l'Environnement à Paris. Ils avaient mentionné la possibilité de voir des sectes impliquées dans l'apparition des récents phénomènes. A l'époque, nous ne les avons pas pris au sérieux. Nous devrions peut-être considérer leur hypothèse avec un peu plus d'attention. Je l'ai convoqué pour lundi prochain.

Dans l'immédiat j'ai demandé à la Marine, aux autorités portuaires et aux polices locales de nous signaler tout mouvement suspect de bateau pendant ces derniers mois. En fonction des espèces frappées par la rage et du temps d'incubation propre à chacune, nous n'aurons j'espère qu'un laps de temps limité à étudier.

Bruxelles, lundi 23 août 1999. J -131.

Le Commissaire Européen à l'Agriculture était d'une humeur de dogue. Les alignements d'immeubles de bureaux de la rue Belliard lui semblèrent encore plus sinistres que d'habitude. Il détestait Bruxelles. Si son mandat n'avait pas été financièrement aussi plantureux, il y a longtemps qu'il serait rentré au pays. Pour lui, la capitale de l'Europe était laide, sale et dépourvue d'attraits, à l'exception d'une merveilleuse Grand'Place et, çà et là quelques monuments dignes d'intérêt, mais à cent mètres de l'Hôtel de Ville et de la Bourse, certaines rues ressemblaient au Bronx. En plus laid. Les promoteurs avaient ravagé l'essentiel d'un patrimoine urbain de valeur pour construire des clapiers, et bruxellisation était devenu dans toutes les langues le synonyme du sac-cage architectural d'une ville.

Il sortit en hâte de sa voiture sans répondre à la foule de journalistes massés à l'entrée de l'immeuble des Communautés. Il grimaça ; la réunion promettait d'être animée.

Les ministres de l'Agriculture des quinze pays membres étaient déjà présents dans la grande salle de réunion, flanqués de leurs experts.

Il s'assit après les salutations d'usage et considéra les visages graves tournés vers lui. Il haussa les sourcils. La réunion risquait de ressembler aux anciens marathons agricoles du temps heureux où l'on n'avait à s'occuper que de quotas céréaliers et de surproduction laitière.

- Madame et messieurs les ministres, commença-t-il, je vous suggère d'écouter en guise de préambule l'ensemble des informations transmises par l'Office International des Epizooties. Nous donnerons ensuite la parole à toutes les délégations qui souhaiteraient s'exprimer.

«Depuis près d'une semaine, des cas d'encéphalopathie spongiforme bovine ont refait leur apparition dans de nombreux pays d'Europe, ainsi que dans deux états du Middle West aux Etats-Unis et au Japon à Kobe».

Un brouhaha parcouru l'assistance. Quelques-uns uns avaient vaguement entendu parler de cas possibles aux U.S.A., pour le Japon la surprise était totale.

«De plus, deux foyers de peste porcine ont été découverts dans le nord de la Belgique et en Hollande, et des cas d'encéphalopathie spongiforme sont signalés dans des élevages de moutons en Ecosse.

«La résurgence de ces maladies que l'on croyait éradiquées suite aux campagnes d'abattage constitue une catastrophe pour le secteur agricole et le marché de la viande de ces pays. Il est à remarquer que ces apparitions subites se manifestent au sein d'élevages de races très connues telles que le Charolais, l'Angus, le Blanc Bleu, le Kobe, etc...

«La simultanéité de leur apparition nous laisse à penser que ces manifestations ne sont pas dues au hasard.

«L'apparition récente de foyers de rage en Grande Bretagne est une autre illustration de ce que nous pensons être une attaque sournoise et délibérée de nos économies».

Un murmure de stupéfaction accueillit ses paroles.

«Nous appuyons cette hypothèse sur le fait, continua-t-il, qu'outre la simultanéité de ces apparitions, les animaux malades présentent une variété de prion nouvelle et particulièrement virulente.

«Vous savez tous que l'ancien A.T.N.C. — Agent Transmissible Non Conventionnel — pouvait rester inerte dans l'organisme infecté pendant plusieurs années.

«Cette nouvelle forme pathogène semble agir directement sur l'organisme. Nos experts pensent qu'elle aurait pu être inoculée à des animaux sains, la force du nouveau prion ne nécessitant pas d'injection intracérébrale pour obtenir une symptomatologie rapide. Ainsi dans l'absence d'études valables quant à une éventuelle transmissibilité de cette nouvelle forme de maladie, l'abattage des troupeaux semble être la seule méthode prophylactique pour la maîtriser».

Un tollé général suivit la déclaration. Le spectre des quinze mille bovins tués et brûlés chaque semaine en Grande Bretagne au début de la crise de la vache folle hantait les esprits. Bien sûr, le rythme des abattages s'était ralenti, économie oblige. Mais l'Angleterre payait toujours un lourd tribut à la déréglementation tatchérienne : les contrôles vétérinaires n'ayant plus été assurés par le secteur public, la loi du profit l'avait emporté sur les précautions en matière d'alimentation animale.

Les électeurs avaient plus tard fait chèrement payer aux Tories leur manque de rigueur.

Le représentant danois intervint :

- Les experts peuvent se tromper.

- Bien sûr qu'ils le peuvent, convint le Commissaire Européen. Mais nous n'avons pas de temps à leur donner pour gérer le problème. Dans tous les cas, l'incertitude est directement proportionnelle au temps alloué pour fournir un diagnostic valable.

- Lorsque vous sortirez d'ici, les journalistes vont vous interroger. Sur quoi vous baserez-vous pour leur déclarer qu'il n'existe aucun risque de transmissibilité à d'autres animaux, voire à l'homme. Imaginez la réaction du public. Et les médias n'auraient rien à voir dans sa violence. Les gens ne veulent plus avoir l'impression qu'on leur cache la vérité.

- Vous allez leur dire qu'il s'agit d'actes criminels ?

Le Commissaire Européen sourit d'un air désabusé.

- S'il ne tenait qu'à moi... Mais nous ne pouvons pas courir ce risque. A fortiori si le ou les auteurs sont actuellement inconnus. Si nous déclarons que nous pensons à un sabotage, l'opinion publique va réagir dans tous les sens, tous les ennemis potentiels seront montrés du doigt, avec comme résultat des désordres graves et imprévisibles.

- Ne rien dire ne serait-il pas pire ?

- Je me fais l'écho de vos gouvernements. Pour l'instant, il est préférable de parler d'un dysfonctionnement vétérinaire lors d'expériences de vaccination.

Nous abattrons quelques milliers de bêtes et indemniserons largement les propriétaires.

- Nous allons quand même mentir, insista le délégué luxembourgeois.

- Pour la bonne cause, oui.

- J'avais un ami vétérinaire, conclut mélancoliquement le représentant Anglais. Il ne me parlait déjà plus beaucoup depuis que nous leur avons mis la rage sur le dos. Maintenant, il va me boxer.

*

Malgré l'extrême prudence du communiqué final, le public ne retint assez logiquement que l'essentiel : une nouvelle plaie frappait le monde.

La maladie frappait les animaux partout, ranimant la panique, qui devint telle que les églises catholique, protestante et orthodoxe publièrent un texte conjoint, mettant en garde les fidèles contre toute interprétation abusive des textes bibliques. Il ne fut pas entendu : le communiqué était un salmigondis vague, ampoulé, rédigé par des exégètes savants des écritures. Ils n'expliquaient pas clairement que l'Ancien Testament n'était somme toute que la somme des traditions orales de phénomènes inexplicables pour les populations de l'époque. La seconde raison du scepticisme général était la crise de confiance provoquée par des églises incapables de s'adapter aux réalités du monde moderne et aux aspirations de ses habitants. Jean-Paul II avait été un brillant utilisateur des relations publiques, mais son message pastoral fait d'intransigeance et de dogmatisme rétrograde avait profondément perturbé les croyants. La seule vraie audace du Souverain Pontife avait été la réhabilitation de Galilée, après plus de trois siècles...

Newsweek publia une analyse du phénomène sous le titre «Le syndrome M, «M» pour Moïse». L'expression fit fortune.

Un éditorial de Libération parla des marchands du temple en établissant un catalogue des objets divers que l'on voyait apparaître un peu partout.

Cela allait du banal tee-shirt, aux amulettes égyptiennes, en passant par des flacons d'eau du Nil censés protéger de tous les maux. Des textes de l'Apocalypse sur rythme de rap étaient en tête des hit-parades.

Aux Pays-Bas, un prêtre défroqué faisait fortune en vendant des indulgences.

Les rééditions des Centuries de Nostradamus tapissaient les vitrines des librairies.

En Espagne, El Paîs fut le premier à parler du curé de ce petit village flamand, qui accompagné de vingt de ses ouailles, avait entamé un pèlerinage à Saint-Jacques de Compostelle. Une photographie de médiocre qualité, montrait un homme d'une quarantaine d'années, barbu, les yeux exorbités, vêtu de la soutane traditionnelle, qui cheminait porteur d'une énorme croix, suivi de son mince troupeau.

Personne ne savait alors qu'il ferait deux mois plus tard les couvertures de la presse mondiale quand ses troupes auraient atteint le chiffre incroyable de cent cinquante mille participants.

Plus inquiétante encore était l'augmentation anormale des statistiques de suicide, principalement chez les adolescents.

C'est dans ce contexte que les directeurs de l'Agence réitérèrent leurs conclusions, appuyées par de nouvelles réflexions. Ils y joignaient les évaluations effectuées par les Renseignements Généraux de tous les pays sur les adhésions aux sectes, anciennes et nouvelles, qui faisaient leurs choux gras du Syndrome M.

Ils furent cette fois, convoqués d'urgence dans leurs pays respectifs.

CHAPITRE II

Ottawa, 1er septembre 1999. J -122.

- Tout cela n'a pas l'air fort sérieux, murmura le Directeur Général. De ce que je retiens des rapports qui m'ont été soumis, la majorité de ces mouvements sont plus l'expression de réactions contre un monde anonyme, et sont fréquentés par des gens à la recherche d'un peu d'humanité et de compréhension.

- On peut le considérer ainsi, répondit Tourneau. Cependant...

- Je vous accorde, le coupa son interlocuteur, que certaines sont dangereuses. Nous avons eu affaire ici même au Temple Solaire, mais la majorité sont des religions de remplacement qui occupent le terrain laissé vacant par les églises traditionnelles. Certaines ressemblent plus à des manifestations folkloriques qu'à une recherche pastorale, mais dans l'ensemble, elles répondent à la peur de la perte d'identité et de la solitude. Les médias ont publié d'excellentes études, mais ils s'attardent trop souvent sur le caractère anecdotique des choses, les Adorateurs de l'Oignon en France, etc... Il les balaya d'un geste de la main.

Tourneau considéra son vis à vis. Difficile, pensa-t-il, de parler à quelqu'un qui est de notoriété publique un sympathisant actif des Adventistes du 7e Jour.

La cinquantaine placide, Pierre Tourneau avait été chef de la police du Saskatchewan. Il avait été nommé à l'Agence pour l'Environnement après une carrière honnête mais sans beaucoup d'éclat. Sa désignation avait été une forme de protestation discrète à la constitution d'une police propre au G8. Faute de s'y opposer formellement, le gouvernement canadien avait choisi de s'y faire représenter du bout des lèvres.

- Nous faisons la distinction, Monsieur le Directeur Général, entre les églises qui diffusent un message spirituel et les autres. Mais nous ne pouvons pas négliger certaines formes dangereuses de déviationnisme.

Il faisait allusion à David Koresh, le chef des Davidiens mort à Waco avec près de nonante de ses fidèles. Le Fort Chabrol texan avait fait l'actualité en 1993.

Les Davidiens avaient vu le jour après que son fondateur, immigrant bulgare du nom de Victor Houteff, ait fait sécession d'avec les Adventistes du 7e Jour. Le nouveau Messie était devenu le chef de la bande après une fusillade entre groupes rivaux ; Waco n'était jamais qu'à cent cinquante kilomètres de Dallas...

- Certains groupes, continua-t-il sans paraître remarquer l'air furieux du Directeur, adoptent une spiritualité inspirée par des messages de haute valeur morale, puis se transforment en groupe de recherche ou d'intérêt avant de tomber dans le piège des méthodes sectaires.

Paris, 1er septembre 1999.

- Mon cher d'Archambeau n'êtes vous pas vous-même victime de cette paranoïa millénariste ? demanda le ministre de l'Intérieur. Quelques grenouilles, des sauterelles, des vaches folles, cela vaut-il la peine de mobiliser toutes les polices du globe ?

Ronquières d'Archambeau sourit. Son ministre savait plaider le faux pour obtenir le vrai.

- Monsieur le ministre, je vous accorde volontiers que jusqu'il y a peu, cela pouvait ressembler à des plaisanteries de mauvais goût. Mais les récents développements...

- Je sais, coupa le ministre. Vous savez, quelque part j'aimerai me persuader du contraire. Mais vous avez raison. Depuis le début. D'ailleurs, j'avais demandé aux R.G. une note de synthèse sur les sectes au reçu de votre premier rapport. Il y a la dedans des choses à peine croyables. Avec les derniers événements, il naît une secte en France tous les trois jours.

- Oui, elles naissent au moment de grands changements de société ou lors d'événements particuliers. Si vous ajoutez la proximité du prochain millénaire, il n'y a rien d'étonnant à cette prolifération.

Le ministre souligna :

- Nous étions déjà gâtés avant. Vous souvenez-vous du rapport Guyard ? Il y a quelques années on comptait en France 172 organisations mères auxquelles on raccrochait 800 satellites. Ils estimaient à 160.000 le nombre des adeptes et à 100.000 leurs sympathisants. Une quarantaine de mouvements comptait au moins 500 membres. Depuis on a difficile à suivre. Que comptez-vous faire ?

- Il est impossible de surveiller tout le monde. Nous nous proposons dans un premier stade d'éliminer les mouvements que je qualifierais d'institutionnels.

- C'est à dire ?

- Ceux qui auraient tout à perdre d'une implication quelconque dans ce genre d'agression, comme les témoins de Jéhovah. D'ailleurs, dans ce cas, peut-on encore parler de sectes ?

- Non, bien sûr.

- Nous éliminerons également les multinationales.

- Moon et consorts ?

- Oui. Nous oublierons également les mouvements de moins de 500 adeptes, ils n'ont pas les moyens. C'est d'ailleurs parmi eux que l'on recrute les groupes folkloriques réputés peu dangereux.

- Comme vous y allez ! s'exclama le ministre. J'ai ici les aveux d'un homme qui déclare avoir exterminé 207 milliards d'individus.

D'Archambeau sourit.

- Les méduses cosmiques de Mahacharva Shri Hamsananda Sarasvati Adinath, alias Bourdin ?

- Mon cher, on peut reprocher au Mandarom un goût architectural parfaitement détestable mais vous seriez surpris de voir ce que cela rapporte.

- Nous avons l'intention de privilégier nos recherches vers les mouvements élitistes, de tendance extrême droite. Il y en a plusieurs en France, organisés suivant un schéma militaire avec uniformes, insignes, culte du surhomme.

- Une impression de déjà vu, non ?

Berlin, 1er septembre 1999.

- Nous sommes d'accord entre nous pour estimer qu'il y a eu accord entre les dirigeants de plusieurs sectes. Nous pensons au vu des premiers résultats que l'objectif est de frapper l'esprit des populations, bénéficier d'un apport massif de fidèles, et selon un schéma bien établi, les dépouiller de leurs biens au profit du Temple. Si c'est là le seul objectif, on peut le considérer comme atteint, auquel cas les plaies arrêteraient de se manifester. Sinon, on peut craindre le pire.

- C'est à dire ?

- Une possible tentative de déstabilisation.

Le chef de Cabinet considéra pensivement son vis-à-vis. Sperlitz avait la réputation d'un homme sérieux, l'un des meilleurs agents de la B.K.A., la police criminelle allemande.

Il était le fils d'un des plus estimés collaborateurs du défunt Amiral Canaris. Discret et efficace suivant la tradition familiale.

- Vous n'allez pas donner dans cette vieille rengaine des Maîtres du Monde, j'espère ?

- Non, mais il ne faut jamais oublier les leçons du passé. Dressons voulez-vous un bref portrait robot ? Prenez un homme doté d'un grand pouvoir de persuasion, avec un verbe irrésistible, et un magnétisme qui persuade ses auditeurs de la véracité de ses théories. Ajoutez à cela des circonstances particulières, une structure paramilitaire, et vous obtenez...

- Himmelgot, murmura le Chef de Cabinet.

- Nous n'en sommes pas encore là, et un pays ne secrète jamais qu'un Hitler ou un Mussolini. De plus, la R.F.A. n'est pas la République de Weimar, mais d'autres nations sont plus vulnérables. Tout ceci prouve que cette affaire aux prémices plus que bizarres doit être prise avec le plus grand sérieux.

Londres, 2 septembre 1999.

«M» considéra Andrew avec curiosité.

- L'approche de l'an 2000 est évidemment fascinante pour ce genre de mouvements, mais vous me voyez surprise, mon cher David, que vous ayez à priori éliminé la mouvance terroriste.

- Nous y avons pensé, mais considérons cette piste comme improbable. La majorité des actions sont revendiquées par leurs auteurs, et aucun de nos hommes infiltrés dans leurs réseaux n'a jamais entendu parler de rien. Nous avons préféré privilégier la piste des sectes en considérant leur intervention comme possible. De plus, le millénarisme est assez typiquement européen et plus particulièrement anglo-saxon.

- Racontez-moi cela.

- Contrairement à une idée reçue, ce n'est pas à partir de l'an 1000 mais beaucoup plus tard, à partir de 1500 que de plus en plus de gens ont assimilé fin de siècle et fin du monde.

- Pour quelle raison ?

- La fin du XIVe siècle coïncide avec la découverte de l'imprimerie, l'arrivée des manuscrits ramenés en Occident après la chute de Constantinople, et l'exploration de nouveaux continents, en bref l'irruption dans la vie quotidienne d'un monde nouveau. C'est le début de l'angoisse face à l'avenir. Puis, Nostradamus a prévu la fin du monde en 1600, et ici même, en Angleterre, l'an 1700 a été l'objet d'une panique extraordinaire.

- Vraiment ? Et pourquoi ?

- Certains spécialistes l'ont attribuée à la rupture de l'ordre social qui s'est opérée sous Cromwell. Beaucoup l'ont considéré comme un désastre annonciateur de la fin du monde.

- Les circonstances ont largement changé depuis.

Andrew considéra son chef avec cette pointe de jalousie admirative qu'il réservait aux personnalités d'exception. Lady Eileen Chambers était «M».

On l'appelait ainsi comme tous ses prédécesseurs, en hommage au talent littéraire d'un de leurs grands anciens.

- Madame, la précarité de nos sociétés face aux défis mondiaux lancés chaque jour explique que le public assiste à la fin d'un monde, et cette fin est assimilée par certains comme la fin du monde tout court. La nuance est subtile, mais elle explique l'engouement rencontré par ceux qui la prédisent.

- Ils se sont chaque fois trompés, mais il semblerait que certains aient décidé de fausser le jeu. L'apparition de la rage et les nouveaux cas de vache folle ont rendu tout Downing Street extrêmement nerveux et on nous demande tous les jours des résultats rapides.

Toutes les polices occidentales sont sur les dents, mais je considère comme une chance extraordinaire la création de l'Agence où des professionnels de haut niveau peuvent ensemble se consacrer à cette recherche prioritaire. Ne me décevez pas.

Moscou, 2 septembre 1999.

Vlassov considéra son interlocuteur avec une pointe d'inquiétude.

- Je pensais que ma présence ici n'était plus tellement souhaitée.

- Il n'y a que les sots qui ne changent pas d'avis. Notre Président est particulièrement inquiet, et il a expressément demandé que vous reveniez en consultation.

- Onovarenko, lança Vlassov.

Boris Alexeïev hocha la tête en grimaçant. Le nouveau prophète était la bête noire du Président du Conseil National de Sécurité.

Piotr Onovarenko avait commencé à faire parler de lui en 1992.

Un bref passage dans un séminaire orthodoxe lui ayant donné un statut religieux, il avait fondé l'Eglise du Peuple qui rompait avec l'empressement servile avec lequel les popes s'étaient précipités dans les bras du nouveau pouvoir. Son interprétation très libre des Evangiles avait, selon lui, fait du Christ le premier des communistes. Depuis lors, il ratissait large dans les rangs des nostalgiques de l'Empire Soviétique.

Contrairement à d'autres dirigeants de sectes, il vivait chichement dans la banlieue de Saint Petersbourg, mais son mode de vie ascétique tranchait avec les fonds quasi illimités dont il semblait disposer. Il en faisait généreusement profiter des milliers de malheureux qui ne juraient que par lui.

On lui attribuait de nombreux miracles et il affirmait que c'était grâce à ses prières que les fléaux qui frappaient partout avaient épargné la Russie. Sa petite datcha était régulièrement fréquentée par des militaires de haut rang, nostalgiques de la puissance passée et dégoûtés par le chaos qui régnait partout.

- Il est dangereux, martela Alexeïev. On le soupçonne d'avoir partie liée avec des sectes japonaises.

- Aoum, entre autres, approuva Vlassov. Je l'ai raté à l'époque mais à ce moment, l'enquête était difficile.

C'étaient ses services qui avaient fourni à Boris Elstine la preuve des sympathies plus qu'agissantes d'Oleg Lobov, à l'époque Secrétaire du Conseil National de Sécurité, pour la secte japonaise. Avec plusieurs centres à Moscou et en province, Aoum avait compté jusqu'à 30.000 membres en Russie, avant d'être interdite après l'attentat au gaz sarin du métro de Tokyo.

- Y a-t-il eu des progrès dans l'enquête ?

Alexeïev secoua négativement la tête et lança rageusement :

- Il y a des moments où je regrette le temps où la simple évocation de la Place Djerninsky flanquait aux gens une trouille de tous les diables.

- Le Président craint-il quelque chose de particulier ?

- Indépendamment du danger particulier que peuvent représenter des groupes organisés et incontrôlés, notre Président pense aux plaies chez les hommes et les animaux.

- Bien sûr, approuva Vlassov. Les armes chimiques développées pendant la guerre froide sont susceptibles de provoquer ce genre de symptômes. Elles sont mortelles.

- Hélas oui. Et comme vous le savez aussi bien que moi, à peu près tout s'achète dans notre malheureux pays. Le Président est très préoccupé par l'idée d'une attaque d'un pays ami à l'aide de produits en provenance de nos arsenaux. Nous avons renforcé au maximum la sécurité auprès de ceux-ci mais...

- Le mal est déjà fait ?

- Je le crains.

Chapitre III

Roubaix, lundi 6 septembre 1999. J -117.

La sonnerie du téléphone, assourdie et insistante, la réveilla vers les deux heures du matin. Maudissant l'importun, la femme alluma à tâtons sa lampe de chevet, et glissa vers la porte chaussée de curieuses pantoufles bariolées, souvenir d'un voyage au Maroc.

Dans le couloir, elle devina plus qu'elle ne vit la porte de la chambre de son mari s'entrouvrir.

Descendant aussi vite qu'elle le pouvait le massif escalier de chêne, elle comptait les sonneries, terriblement amplifiées par les dimensions de cathédrale du hall d'entrée où le téléphone trônait depuis quatre-vingts ans, changé au gré des innovations techniques ou des modes, mais toujours installé là où les arrière-grands-parents de son mari l'avaient un jour exposé à l'administration respectueuse de leurs visiteurs.

Elle avait compté dix-huit sonneries lorsqu'elle décrocha et demanda d'une voix légèrement haletante :

- A qui ai-je l'honneur ?

Personne ne répondit. Elle eut l'impression d'entendre une sorte de murmure étouffé.

- Allô, qui êtes-vous ?

Elle entendait toujours le même bruit étrange, un léger gémissement.

- Répondez, enfin. Si c'est une plaisanterie, elle est...

Le sanglot se fit plus net, plaintif, répété. Puis, elle crut entendre une voix lointaine.

- Maman.

Elle hurla.

- Monique, Monique. C'est toi ?

Une toute petite voix plaintive lui répondit.

- Maman, venez.

- Monique, où es-tu ? C'est maman. Qu'y a-t-il ?

Les mots se pressaient, ne passaient pas sa gorge serrée par l'émotion. Tant d'années d'absence...

Elle sentit à son côté la présence de son mari. Il se penchait sur la pointe des pieds par-dessus son épaule, tentant d'écouter, questionnant des yeux, hochant interrogativement la tête, les sourcils levés. Il avança la main vers l'écouteur. Le regard froid et dur de sa femme arrêta net son geste. Les jointures de la main qui tenait l'appareil avaient blanchi sous l'effort.

- Monique, ma petite fille. Dis-moi simplement où tu te trouves. J'arrive. Ta maman vient te chercher.

- Aux Mélèzes, à Arles.

- Les Mélèzes, à Arles. C'est bien cela ?

- Maman, j'ai peur. C'était comme un lointain murmure.

- Les Mélèzes à Arles. C'est bien là que tu te trouves ? Elle se répétait. Nous arrivons tout de suite. Monique, qu'est-ce qui se passe ? Tu es en danger, tu es malade ?

Elle ne reçut aucune réponse, rien que deux longues minutes de gémissements et de sanglots profonds qui broyaient son coeur de mère.

*

La voiture roulait depuis près de deux cents kilomètres et ils n'avaient pas encore échangé une parole.

Une petite demi-heure leur avait suffi pour entasser quelques vêtements dans une valise, faire une toilette sommaire et prendre un café hâtivement bu dans la vaste cuisine, chacun assis aux extrémités de la longue table, fixant le mur devant eux, sans dire un mot.

Isabelle, baronne de Saint-Viron, née Lantier. Elle frissonna violemment. Son nom lui était brutalement venu à l'esprit ; il lui était insupportable maintenant. Et pourtant, l'avait-elle convoité ce titre, cette situation, qui avait fait dire dans tout le pays : «Elle a trouvé un bien beau parti, la petite Lantier».

Elle s'était mariée contre l'avis de son père qui ne voyait pas d'un bon oeil l'union de la fille unique d'un obscur fonctionnaire des Postes avec le fils d'un baron du textile du Nord, dont le château dominait le faubourg huppé de la ville.

Elle regarda son mari à la dérobée et se souvint des paroles de son père : «Ce garçon là, il a beau être riche, ça ne pèse pas lourd».

Elle ne l'avait pas cru, voyant dans ses réticences une sorte de snobisme à rebours, que son appartenance à une cellule locale du parti pouvait expliquer.

Les parents de son mari étaient encore plus opposés à ce mariage qu'ils jugeaient comme une mésalliance. Le Second Empire a été le dernier régime français à décerner des titres nobiliaires. Si la plupart des flamboyants barons de l'industrie s'étaient fort bien accommodés de la condescendance envieuse réservée aux nouveaux riches, leurs trop récents quartiers de noblesse au parfum de nouveaux riches laissaient les Saint-Viron insatisfaits, bien que ceux-ci fussent aussi honorables que les duchés accordés aux sabreurs napoléoniens ou que les tortils ramassés dans les alcôves royales. La famille rêvait pour l'héritier d'une union avec la descendante de quelque illustre famille, espoir facilité par l'énorme fortune amassée en un siècle.

Benoît de Saint-Viron avait tenu bon contre toute attente. Le choc entre le monde de son père, membre de toutes les associations pieuses du département et président de la fabrique d'église locale avec celui du militant vendant l'Humanité Dimanche n'avait pas eu lieu. Ils avaient choisi de s'ignorer.

Penchée vers sa portière, la joue appuyée sur le repose-tête, elle revivait en quelques éclairs rapides les épisodes marquants de sa vie, au rythme des marquages routiers que les phares de la voiture avalaient à toute allure.

Le mariage sous la neige, la naissance de Monique. Sa fille à trois ans, montant crânement son poney, son entrée à l'école, sa première communion. Sa première soirée d'adolescente. Elle réalisa que sa vie s'était arrêtée quand... un spasme lui parcouru le ventre.

*

A seize ans, Monique de Saint-Viron était une adolescente dont le charme et l'intelligence faisaient la joie de ses parents.

Elle était d'ailleurs le seul motif de satisfaction d'un ménage qui avait sombré dans l'indifférence des couples qui n'ont rien à se dire.

Benoît travaillait avec un père autoritaire et omnipotent et passait avec mauvaise grâce ses journées dans un vaste bureau luxueusement aménagé, encombré de piles de dossiers, mais dont aucune décision ne partait, après que son père eut constaté que ce fils unique, objet de tant d'espérances et de soins était atteint de ce qu'un chroniqueur économique avait un jour appelé le syndrome de Marcel, dont la pathologie s'exprime par l'incapacité de distinguer l'accessoire de l'essentiel et dont la devise tient en ces mots : «pourquoi faire simple alors que l'on peut faire compliqué ?».

Benoît manifestait une sorte de génie pervers, face à quatre problèmes d'inégale importance, à se ruer sur le plus insignifiant, harcelant sa secrétaire pour une virgule mal placée, et inondant tous les services de l'usine de mémos comminatoires, perturbant plannings et horaires pour des vétilles, jusqu'à ce que le patriarche y mit bon ordre en le nommant vice-président en charge des relations extérieures, titre dénué de signification et de pouvoirs, mais qui justifiait au moins de pouvoir passer en notes de frais les voyages organisés par le Rotary-Club.

Au fil des ans, la jeune fille passionnée et ambitieuse avait peu à peu adopté le profil de la grande bourgeoise de province, avait son thé, ses oeuvres et un jeune amant qui la divertissait le jeudi après-midi, pendant que son mari visitait à la même heure le bordel le plus chic de Roubaix.

*

Monique rentra tard ce jour-là et monta directement dans sa chambre. Pendant le dîner, elle fut curieusement absente, tendue et maladroite.

Sa mère s'enquérant de ce qui n'allait pas, elle jeta sa serviette sur la table et disparut. Ses parents mirent son humeur bizarre sur le compte d'un chagrin d'amour ou d'un malaise féminin. Durant les mois qui suivirent, elle présenta encore quelques manifestations de ce que ses parents considéraient comme un comportement erratique.

Monique rentrait au château en proie à d'inexplicables crises de nervosité, suivies de périodes de long abattement. Ils essayèrent mollement de s'informer des causes de ce qu'ils prenaient pour des caprices d'enfant gâtée.

Amenée de force chez un psychiatre, celui-ci ne put rien obtenir d'une patiente qui s'enfermait pendant une heure chez lui dans un mutisme complet.

∗

Isabelle de Saint-Viron ferma les yeux. Elle revoyait cette soirée de septembre 1991, anormalement douce pour la saison. Les portes-fenêtres du salon étaient grandes ouvertes, afin de profiter un peu de la fraîcheur vespérale, après une après-midi torride.

Elle entendit un moteur de voiture en surrégime, le gravier qui crissait sous les roues bloquées.

Une forme jaillit de la petite décapotable blanche. Monique, les cheveux défaits, l'air hagard se précipite vers elle.

- Maman, grand-père...

Elle sanglote, les bras entourant ses genoux, des pleurs d'enfant.

Isabelle sursaute :

- Il est blessé ?

La tête nichée dans ses jambes fait non.

- Il est malade ?

La masse des cheveux blonds fait encore non.

Doucement, Isabelle soulève la tête de sa fille. Les yeux remplis de larme la regardent, éperdus.

- Grand-père. Elle balbutie. Il a essayé de me violer.

Isabelle ressent la nouvelle comme un léger vertige. Quelques points rouges dansent devant ses yeux. Elle sent ses glandes salivaires qui remplissent sa bouche et l'obligent à déglutir à grands coups, pendant que sa main caresse machinalement les cheveux de sa fille. Les points rouges se font plus nombreux en une sarabande effrénée.

Monique ! Son beau-père !

- Ce, ce n'est... elle déglutit à grand peine, ... pas possible...

Les yeux rougis la regardent. La masse de cheveux fait oui, oui, oui. Elle hurle.

*

La puissante voiture ronronne. Les phares disputent maintenant les arbres au jour qui se lève. Ils sont entre Paris et Dijon.

Isabelle regarde son mari du coin de l'oeil.

La vieille haine, enfouie sous les années de silence et de remords la submerge. La haine pour son mari, sa belle-famille, pour sa propre lâcheté.

- Cela n'arrive pas chez nous.

Monique qui explique les attouchements, les caresses, de plus en plus précises et puis un jour dans un bureau fermé à clef, l'assaut d'un vieillard qui était de son sang.

L'irréparable ne s'était pas produit. Rien qu'une déchirure sur un monde trop parfait, rien que la perte de l'innocence de l'âme, rien que la fin brutale de l'enfance.

Puis ce furent les dénégations hautaines du vieux, l'incrédulité grandissante de son mari, l'arrière pensée obsédante de la perte de son univers douillet qu'elle avait chèrement payé, le visage lunaire des psychiatres qui leur murmurent «légère paranoïa d'adolescente, psychose affective, dérèglement de l'ego, traitement adéquat, éloignement».

Monique les a quittés pour un bref examen clinique. Deux jours plus tard elle s'enfuyait. Elle ne l'a plus jamais revue.

C'était il y a huit ans.

*

Le commissaire divisionnaire Jean-Thierry Fromont était consi-déré comme le flic le plus fantaisiste des Bouches-du-Rhône.

Grand amateur d'alpinisme et de danses sud-américaines, sa fré-quentation assidue d'une école de samba lui avait permis, de passage à Rio de Janeiro au moment du carnaval, d'y participer, exploit pour un non-brésilien.

Malheureusement, son amie Anouchka, ravissante liane brune à la libido imaginative et au tempérament farceur, avait un jour exhibé à des collègues hilares des photos de son homme, vêtu d'un costume à paillet-tes et la tête couverte d'une coiffe de plumes vertes, dansant frénétique-ment entouré de créatures exotiques et dénudées.

Déjà considéré comme un policier non-conformiste, les photos, amplement diffusées dans tous les commissariats du département, avaient définitivement assis sa réputation.

Celle-ci et un éloquent palmarès professionnel expliquaient que les cas difficiles ou spéciaux arrivaient presque immanquablement chez lui.

Il considéra d'un air pensif le couple installé devant lui. La femme avait longuement expliqué que leur fille disparue depuis huit ans s'était brusquement manifestée cette nuit même.

Après avoir roulé plus de mille kilomètres, ils s'étaient présentés à l'adresse indiquée.

On n'avait pas prétendu leur ouvrir. Supplications et menaces s'étaient avérées vaines. Personne de ce nom n'habitait cette vaste gen-tilhommière, flanquée de nombreuses dépendances et entourée d'un parc dont une grille de trois mètres de haut défendait l'accès.

Fromont grimaça.

- Vous me dites que votre fille a disparu depuis huit ans. Des recherches ont du être entreprises.

A nouveau la mère parla. Ils avaient remué ciel et terre, promis des récompenses. Rien.

La police de Roubaix avait suggéré la possibilité d'un enlèvement. Ils avaient été jusqu'à espérer une demande de rançon. En vain.

On avait dragué les rivières, fouillé des maisons, passé bois et campagnes au peigne fin. Rien.

L'énorme machine policière du département aiguillonnée par les interventions de l'ensemble de son monde politique n'avait pu aboutir qu'à un constat d'échec.

Ils avaient engagé des détectives privés, consulté des voyants. Rien.

Monique de Saint-Viron avait disparu pendant huit ans sans laisser de traces. Et aujourd'hui, elle réapparaissait, appelant au secours.

- Elle vous a appelé au secours ?

- Elle pleurait. Elle m'a dit : «viens me chercher».

Fromont ébaucha un sourire de sympathie et se passa machinalement la main dans une chevelure qui se clairsemait.

- Savez-vous, madame, où se trouve votre fille ?

Ses vis-à-vis se regardèrent interloqués.

- Ma femme vous l'a dit. C'était la première fois que le mari parlait.

- J'ai bien compris. Les Mélèzes. Mais savez-vous ce qu'il y a aux Mélèzes ?

- Quelque chose de pas très normal pour que l'on refuse à des parents le droit de voir leur fille.

Fromont soupira.

- Exactement. Pas très normal. Votre fille est membre d'une secte. Avez-vous déjà entendu parler du Temple du Renouveau ?

Les parents firent un signe de dénégation.

- Non, déclara la mère. J'ai comme tout le monde entendu parler de sectes, le Temple du Soleil, Aoum, et tous ces gens qui se sont suicidés en Amérique...

- En Guyane, madame.

- Peu importe. Ma fille ne fréquenterait pas ces gens-là.

- Les faits semblent prouver le contraire. Vous m'avez dit que votre fille avait dix-huit ans lors de sa disparition.

- Elle venait de les avoir.

- Elle a vingt-six ans maintenant. Huit ans, ça fait beaucoup d'eau qui coule sous les ponts. La femme d'aujourd'hui n'est plus l'adolescente d'hier.

En silence, les parents essayaient d'imaginer les changements survenus pendant l'absence. Mais ils ne concernaient que son apparence physique. Il est déjà si difficile à certains adultes de réaliser certains changements de comportement qui se produisent sous leurs yeux. Isabelle se défendit encore.

- Il n'empêche que Monique n'irait jamais fréquenter ce genre de lieu.

- Madame, déclara Fromont en souriant, nous ne sommes pas ici pour discuter de ce que vous pensez que votre fille ferait ou ne ferait pas si elle était restée avec vous. Concrètement, elle vous a téléphoné cette nuit en vous déclarant qu'elle était aux Mélèzes. Vous vous y présentez et essuyez une fin de non recevoir. Vous venez ici. Si vous estimez impossible que votre fille s'y trouve, c'est que vous avez été la victime de mauvais plaisants.

- Non. C'est impossible. C'était bien sa voix. Je l'ai reconnue.

- D'où nous pouvons conclure que votre fille s'y trouve, et de son plein gré, du moins jusqu'à cette nuit.

Il s'arrêta, réfléchit un instant et conclu :

- Le seul problème, c'est d'y pénétrer.

- Accompagnez-nous, suggéra le père.

- Ce n'est pas, loin s'en faut, aussi simple.

Froment connaissait les rapports de la secte avec les autorités. Le Temple du Renouveau, comme toutes les sectes de France, avait fait l'objet d'enquêtes approfondies, principalement ces derniers mois. Il semblait être un mouvement assez banal, quoiqu'apparemment fort riche. Ses nombreuses et généreuses contributions aux oeuvres de la commune en témoignaient. On murmurait que tous les candidats à des fonctions représentatives bénéficiaient sans distinction de leurs largesses. En trois années d'existence, aucune plainte, aucun scandale n'était venu ternir la réputation de gentils farfelus que les tenues bigarrées des adeptes et le crâne rasé des hommes valaient à leurs membres.

Ils se mélangeaient volontiers à la population, n'y pratiquant aucun prosélytisme mais personne n'était jamais invité à pénétrer leur domaine.

Les Témoins du Renouveau professaient un culte basé classiquement sur un amalgame de théisme chrétien et de philosophie orientale. Lorsqu'ils avaient acheté les Mélèzes, ils avaient construit de très classiques bâtiments annexes destinés à héberger les fidèles qui n'avaient rien à voir avec les délires architecturaux du Mandarom. Rien à signaler, vraiment, si ce n'était le passé chargé du gourou.

C'était peut-être cet excès de vertu qui gênait Fromont, ça et tout cet argent distribué trop libéralement. Classiquement, les sectes exploitaient la crédulité et le mal-être de leurs membres. Le Temple du Renouveau semblait donner plus qu'il ne recevait.

Un bon policier est intuitif et soupçonneux. Fromont possédait ces deux qualités. Depuis quelques mois, il caressait le désir de voir les Mélèzes d'un peu plus près. Aucun élément concret ne lui avait permis d'entreprendre une enquête. C'était peut-être l'occasion cherchée.

- La première solution, commença-t-il, serait que vous portiez plainte pour séquestration. Je crains toutefois que la procédure ne soit longue et difficile. Nos Témoins semblent bénéficier de la bienveillance des autorités.

- Je ne manque pas d'appuis non plus, intervint le père.

- Je n'en doute pas un seul instant, monsieur de Saint-Viron, mais Roubaix est fort loin et avant que vos amis n'agissent... Il fit de la main un geste évasif. Du reste, l'inertie administrative, surtout volontaire peut donner à votre fille le temps de changer d'avis. Car enfin, après huit ans, elle vous téléphone brusquement la nuit et vous appelle au secours. Cela pourrait n'être qu'une passade.

Dans quelques jours, même nantis d'un mandat de perquisition, nous trouverons peut-être votre fille qui vous dira qu'elle n'a jamais fait appel à vous, surtout si elle a entre-temps fait l'objet de pressions.

- Que nous suggérez-vous alors ?

Fromont joignit les mains et se pencha légèrement vers eux. Il souriait d'un air complice.

- Voyez-vous, il ne manque pas de délits non résolus. Si par exemple nous inculpions votre fille pour un motif quelconque, sur base de deux ou trois témoignages que je puis, mettons, obtenir facilement, j'obtiendrai facilement un mandat d'amener.

Une fois votre fille sortie, vous vous expliquez avec elle, les témoins se sont trompés, et vous rentrez chez vous avec Monique.

Les parents se regardaient mi-effarés, mi-interrogatifs. Ce fut la mère qui rompit le silence.

- Faisons comme cela, monsieur le commissaire.

*

Le lendemain matin, la fourgonnette de police, suivie de la voiture de Fromont s'engagea dans l'allée menant aux Mélèzes. Les grilles s'ouvrirent toutes grandes. Le commissaire jura mentalement et se promit de découvrir celui qui dans ses services renseignait les Témoins du Renouveau.

Les voitures s'arrêtèrent devant un large escalier au sommet duquel deux dignitaires, à en juger par la richesse des ornements de leurs robes, attendaient les visiteurs.

- Nous vous remercions d'être venu si vite, monsieur le commissaire.

A ces mots, Isabelle de Saint-Viron crispa la main sur le bras de son mari qui tressaillit à ce contact.

- Vous m'attendiez ?

- Nous vous avons téléphoné il y a quelques minutes au commissariat. Un grand malheur.

- C'est Monique ! La femme avait hurlé.

- Un grand malheur, répéta l'acolyte.

- Monique. Où est-elle ? Je veux voir ma fille.

La tête rasée d'un des deux hommes se pencha vers elle.

- Madame ?

Le second s'inclina.

- Que pouvons-nous pour vous ?

Fromont les considéra sans aménité. Ils jouaient un rôle. Mal d'ailleurs. Leur air candidement interrogateur, leur robe surchargée d'or et de signes d'un ésotérisme de bazar sonnaient faux. Il fit les présentations.

- Monsieur et madame de Saint-Viron.

- Nous vous présentons, madame, monsieur, nos plus sincères condoléances, commença le premier.

- Le deuil qui vous frappe...

Le second fut interrompu par un rugissement.

- Où est ma fille ?

C'était le père. Curieusement, Fromont eut du mal à le reconnaître. L'individu falot qui s'était tenu coi depuis son entrée dans le commissariat avait les traits durs, la voix incisive, cassante. Il semblait même avoir grandi.

Les deux crânes chauves s'inclinèrent en silence. Les hommes s'écartèrent et invitèrent du geste les visiteurs à franchir le seuil. Le vaste hall d'entrée était tendu de soie jaune et rouge. Une forte odeur d'encens les prit à la gorge.

Au pied de l'escalier de chêne, un bouddha de deux mètres souriait sur son socle. Les larges marches de chêne montaient droit vers l'étage. En haut, une niche illuminée abritait un Christ en croix.

Partout, plafonds et murs étaient couverts de représentations de lunes, de soleils, d'étoiles, des symboles égyptiens avoisinaient des yeux, des croix en tout genre, des épées croisées d'éclairs, des mandalas, avec un fond sonore de notes égrenées sur un mode métallique et aigu.

Le policier plissa les lèvres en un bref rictus. Le décor était banal à force de surcharge symbolique. Madame de Saint-Viron se signa furtivement. A côté d'elle, son mari, l'air tendu, regardait le personnage vêtu de blanc qui descendait lentement l'escalier. Son crâne rasé était orné d'une tiare octogonale, dont sept faces étaient recouvertes de symboles. Au centre de celle surplombant le front scintillait un saphir, qui, s'il était vrai devait représenter cinq ans de salaire d'un flic standard.

- Madame, messieurs, la voix était basse, vibrante, je suis le Maharashi Goubdal Alioth Vanaradesh. Je vous souhaite la bienvenue.

- Georges André Vermont, rectifia Fromont. Né à Aubervilliers le 20 avril 1952, soupçonné de proxénétisme et condamné en octobre 87 pour proxénétisme, faillite frauduleuse, abus de biens sociaux et escroquerie. Dis-donc, Georges, tu t'es bien reconverti. Le gri-gri marche mieux que la paire de fesses.

74

Le tutoiement était volontaire, insultant. Son vis-à-vis sourit, joignant les mains.

- C'était quelqu'un d'autre, dans une autre vie. Je suis maintenant dans la voie que m'a tracée le Seigneur. Il pardonne et oublie, plus que ses créatures. Si vous voulez bien me suivre.

Contournant l'escalier par la droite, ils traversèrent le bâtiment et débouchèrent dans le parc.

Douze constructions à un étage, de facture récente étaient alignées par rangée de trois. L'ensemble, avec ses abords nets, faisait penser à une caserne.

Ils se dirigèrent vers le premier bâtiment de la rangée de gauche.

- C'est ici que logent les femmes dignitaires de l'ordre, précisa l'homme qui les avait accueillis.

A l'étage, ils arrivèrent devant une porte, gardée par deux garçons athlétiques, revêtus d'une robe de bure, l'oeil fixé droit devant eux, qui se redressèrent imperceptiblement au passage du gourou.

Fromont nota mentalement l'allure militaire, pariant intérieurement que les plis de leurs vêtements dissimulaient une arme. Dans le château, ses deux collaborateurs s'occupaient de prévenir les services médico-légaux. Il se promit de leur demander d'effectuer une vérification sur ces deux curieux gardiens.

Le Maharashi ouvrit la porte et s'écarta en disant :

- Nous avons cru bon de ne toucher et de s'assurer que l'on ne touche à rien.

Isabelle de Saint-Viron s'effondra sans un mot.

Une femme, vêtue d'une courte chemise de nuit pendait à une corde fixée à une solive, les yeux exorbités, les jambes souillées d'excréments.

*

Anouchka replia les jambes sous elle et se cala dans un coin du divan.

- Alors, crime ou suicide ?

- Tu as de ces façons de présenter les choses.

- Jean-Thierry, cela fait plus d'une heure que tu me décris scrupuleusement tous les détails qui accréditent la thèse d'un suicide. Mais je te connais trop bien pour ne pas sentir quand quelque chose te dérange dans une enquête.

- Exact. Je dirais en premier lieu que l'appel de nuit me laisse perplexe. On pourrait imaginer que suite à quelque drame familial qui l'a fait disparaître, la jeune femme ait, en quelque sorte voulu punir ses parents en leur imposant la vue de sa mort.

- Tordu, mais pas impossible.

- Dans ce cas, et c'est la seconde chose qui me chiffonne, tant qu'à vouloir les faire souffrir, elle aurait laissé derrière elle une lettre dans le genre «voyez ce que vous m'avez fait». Un suicidé explique généralement son geste dans ce but.

Son amie approuva.

- Tertio, tous ceux qu'on a interrogé ont déclaré n'avoir rien constaté d'anormal dans son comportement. Elle était douce, gentille, toujours prête à rendre service, modeste, travailleuse, dévouée et j'en passe. Leur unanimité me paraît étrange. A les entendre, Monique de Saint-Viron est morte en pleine épectase.

- C'est à dire ?

- Un mouvement irrésistible qui tend vers Dieu.

- Chapeau, la culture, monsieur le commissaire !

- Non. Mais c'est un mot qui a fait fureur il y a plus de vingt ans quand l'épiscopat français l'avait utilisé pour expliquer la mort d'un de ses hauts dignitaires dans les bras supposés d'une pute parisienne. Reiser et ses copains de Charlie-Hebdo s'étaient payé une pleine page de dessins pas piqués des hannetons sous le titre : «Une page d'anticléricalisme désuet». Je me souviens...

- Le meurtre !

- Oui, excuse-moi. En plus l'attitude des gourous n'était pas naturelle. Ils étaient trop polis, trop affables, trop contrits.

- Normal, non ?

- Oui, mais sans trace de compassion, de regret sincère.

- Bref, trop polis pour être honnêtes.

- C'est un peu cela.

- Que va-t-il se passer ?

- Elle est à l'institut médico-légal. Si on ne décèle aucune trace de violence et si les analyses ne révèlent aucune trace de substance qui laisserait supposer qu'on a pu l'aider à se suicider, je suppose que l'enquête sera close. Les parents ne semblent pas vouloir porter plainte. Ils souhaitent emmener leur fille au plus vite et l'enterrer dans le caveau familial à Roubaix. J'ai la sensation que ce sera la fin d'un long cauchemar.

- Tu leur as fait part de tes impressions ?

- Je n'allais tout de même pas ajouter à leur chagrin !

- Mais si leur fille a été assassinée, ils méritent quand même la vérité.

- Sans doute, mais quand je les ai questionnés sur les motifs de sa présence dans une secte, sur les circonstances de son départ, ils se sont refermés sur eux-mêmes. Il s'est certainement passé quelque chose et je ne saurai sans doute jamais quoi. Ils ne portent pas plainte, alors...

- Et que comptes-tu faire ?

- Tout ce qui touche aux sectes bénéficie pour l'instant d'une priorité A1. Je vais envoyer un rapport aux R.G. du département, avec quelques points d'interrogation.

- Et c'est tout ?

- Je vais attendre quelques jours les réactions officielles. Mais, pour moi, le dossier n'est pas clos.

*

- Comment est-il possible d'être aussi idiots ?

Les deux hommes se dandinaient devant lui, le contraste entre leurs robes bariolées et l'ensemble de bon faiseur que portait Georges André Vermont rendant la scène plus insolite encore.

Dans le petit salon attenant à sa chambre, dépouillé et meublé de façon résolument moderne, le gourou retrouvait avec un plaisir non dissimulé le port de costumes classiques et légers.

- Nous n'aurions pas pu prévoir que cette fille pouvait avoir des problèmes, s'excusa l'aîné.

- Mais espèce d'imbécile, qu'est-ce que tu imagines ? Que les tarés qui arrivent ici sont parfaitement équilibrés ? Je rêve. Il fallait te renseigner.

- Georges, nous l'avons interrogée. Qui aurait pu imaginer qu'un grand-père lubrique qui avait essayé de la sauter il y a huit ans, l'avait à ce point perturbée ?

- D'autant, ajouta l'autre, qu'elle était une des disciples les plus enthousiastes.

- A part le sexe, souligna l'autre.

- A part le sexe. Ça ne vous dit rien, cela, à vous ?

- Je ne vois pas, non.

- Ça veut dire que cette fille avait eu des problèmes qui l'avaient fermée à toute vie affective. Son refus de tout contact masculin impliquait le renoncement à tout espoir de maternité. Voilà. Vous y êtes maintenant ?

- Tu ne nous as rien dit quand on a proposé son nom.

- Et alors ? Je dois m'occuper de tout ici ? Comment aurais-je pu me douter que cette fille était frigide ? Vous connaissez les règles. Pas de vagues, pas de drogues, pas de filles dans les lits des dignitaires. Rien qui ne puisse attirer l'attention. Nom de Dieu ! Trois ans de ce guignol pour un pareil gâchis.

- Et comment aurions-nous pu le savoir ?

- Et comment l'avez-vous su ?

- Par Carole, sa voisine. Elle lui a parlé après que nous lui ayons demandé de se faire engager chez «Premier âge». Elle lui a dit que ça lui faisait quelque chose, à cause d'un événement familial qu'elle essayait d'oublier.

- Les flics ont interrogé Carole ?

- Pas encore, mais ils vont certainement revenir.

- Elle sait autre chose ?

- Apparemment non.

- Saint-Viron lui a parlé du lait en poudre ?

- Je ne crois pas.

Vermont frappe violemment le bureau du poing. Trois ans d'attente. Trois ans de patient recrutement, de rites débiles. Tout avait commencé il y a trois ans, à Paris, suite à une rencontre inopinée — mais l'était-elle vraiment ? — il se le demandait encore, avec son ami d'enfance Roland Paret.

Après les embrassades et les salutations d'usage, ce dernier l'avait invité à déjeuner à la Tour d'Argent, en toute simplicité.

Après les évocations d'un autre temps, bon comme il se doit, la conversation était revenue au présent. Vermont était intrigué et admiratif : son ami paraissait littéralement rouler sur l'or. A sa demande mi-intéressée, mi-envieuse, Paret répondit :

- Mon argent ? Facile. Je dirige une secte.

Devant l'air poliment incrédule de son commensal, il expliqua :

- Hé oui, une secte. Je suis maintenant le Très Grand et Très Respectable Sannyâsin Sâdhu. Le saint homme qui a renoncé au monde pour se consacrer à la vie spirituelle. Comme tu peux le constater, ajouta-t-il avec un clin d'oeil.

- Et ça marche ?

- Si ça marche ? Tiens, écoute. Et s'ensuivit la longue énumération de ses propriétés, voitures et comptes en banque bien garnis. L'ennui, c'est que je n'en profite que rarement, seulement quand je pars en retraite me ressourcer sur les bords du Gange. Nouveau clin d'oeil.

Mais toi, si tu voulais, tu pourrais certainement en faire autant. Tu étais assez brillant au lycée, tu as toujours la voix veloutée qui faisait chavirer les filles, et tu n'as pas, si j'ai bonne mémoire, trop de scrupules.

- Continue. Tu m'intéresses. Mais dis-moi, comment devient-on dirigeant de secte ?

- Le plus simplement du monde. C'est exactement comme dans les affaires. Tu définis ta cible, tu établis un plan d'action et fais l'inventaire des moyens mis à ta disposition ; tu définis tes objectifs à court, moyen et long terme, et roulez carrosse.

Il considéra Vermont qui le regardait les yeux brillants.

- Ta cible, continua-t-il en souriant, ce sont les paumés, les mystiques et les faibles. Vaste programme, non ? Les paumés attendent de toi de l'attention, de la chaleur humaine, un environnement compréhensif à leurs malheurs où ils vont se sentir à l'aise et retrouver une identité. Les religions ne répondent plus à leurs aspirations et ont deux siècles de retard. On ne va plus chez le curé. Le gourou, c'est plus «in».

Aux mystiques tu serviras de la philosophie orientale, un zeste de parapsychologie, des mantras, des chakras, le kundalini. Tu apprendras vite. Ah, les grandes vibrations cosmiques, c'est aussi tout bon. N'oublie pas le christianisme. Faut pas choquer les gens. Parle des Grands Initiés. Dans cette catégorie, tu mets pêle-mêle Jésus, Mahomet, Bouddha, Gandhi, et toi, bien entendu.

Ah oui, laisse tomber le pseudo-scientifique. L'église de Scientologie occupe déjà le créneau. Aux faibles, tu promets des pouvoirs spéciaux, l'autorité morale, la faculté de guérir — les chakras font des miracles — la lévitation, les contacts avec l'au-delà.

Vermont approuva.

- Le champ est plutôt vaste. Mais à ces gens que vas-tu leur dire ?

- Cela s'apprend aussi. Tiens, en souvenir du bon vieux temps, pourquoi ne viendrais-tu pas passer quelques jours dans mon domaine ?

Il sourit en voyant l'imperceptible mouvement de recul.

- Non, précisa-t-il. Pas pour t'endoctriner. Mais je pourrais te mettre le pied à l'étrier.

- Crois-tu que j'en serais capable ?

- Mais Georges, tout ça n'est vraiment pas compliqué. Et puis, chez moi, tu pourrais voir comment cela se passe, te documenter. Je te dirai qu'en règle générale, plus c'est gros, plus ça passe. Promets-leur la vie éternelle, le destin des élus, la sortie de l'anonymat. Dis-leur qu'ils ont des pouvoirs, des potentialités qui ne demandent qu'à éclore, qu'ils sont eux-mêmes des initiés.

Ah, c'est vrai. Essentielle : l'initiation. Elle doit être une cérémonie grandiose : dépouillement, jeûne, purification, le tout dans le silence et la méditation. Paret s'animait, parlait vite en agitant les mains, lançait des mots, jonglait avec, les expliquant brièvement.

- Au cours de cette cérémonie, ils recevront la tenue et les insignes de leur grade. Tu leur donneras leur Mantra.

Haussement interrogateur des sourcils.

- Le Mantra, expliqua-t-il, est la formule sacrée donnée par le chef lors de l'initiation. Tu sais : «Hare Krishna» à répéter mille fois par jour.

C'est lors de l'initiation que tout se joue. C'est alors que se jure la fidélité à un chef. Tu leur donnes la clef.

- Pourquoi me parles-tu de clef ?

- Le dirigeant, Paret martelait ses mots, les appuyant de petits coups sur la table, doit être fort. Sa parole ne peut être mise en doute. Tu sais — nouveau clin d'oeil — pour être bien tondues, les brebis doivent être consentantes. Cela ne peut se faire que dans une foi absolue dans la personne du chef. Celui-ci doit être bienveillant, sévère, inaccessible et juste. Les attributs de son pouvoir doivent être ostentatoires, ou relever d'un ascétisme complet.

- Moi, déclara Vermont, ce ne serait pas l'ascétisme.

Ils rirent tous les deux.

- Tu dois également t'attacher à définir un comportement de base. Les choix ne manquent pas. Tu as le renoncement total, dépouillement et jeûne, le naturisme, le mysticisme, le sexe à gogo. Là, je ne te le recommande pas, les Enfants de Dieu et leur flirty fishing ont eu pas mal de problèmes. Le style écolo baba-cool n'était pas mal il y a vingt ans, mais c'est un peu ringard de nos jours.

Paret possédait la magie du verbe. Tandis qu'il parlait, Vermont s'imaginait officiant dans une grande salle plongée dans l'obscurité, à l'exception du projecteur fixé sur sa seule personne et sur le trône qu'il occupait. Les futurs initiés, vêtus de bure, les pieds nus et les yeux bandés s'agenouillaient à ses pieds.

- L'avantage, poursuivait Paret qui semblait lire dans son esprit, c'est que les délires les plus mégalomaniaques paraissent normaux. Regarde le Mandarom. Bourdin y a fait édifier une statue de lui de trente-trois mètres de haut, autour de laquelle les disciples tournent en répétant OM. C'est leur Mantra. Ce serait le verbe créateur brahmaniste. Pour se purifier l'esprit il faut le répéter des milliers de fois par jour. Non mais, tu te rends compte. Tu mettrais ça dans n'importe quel film de série B, le public sifflerait. Et pourtant, ça marche ! Il s'arrêta à bout de souffle.

Il avait tout jeté pêle-mêle, envoyant en l'air des idées qui fusaient à la façon d'un feu d'artifice. Les plus belles pièces, les jaunes, explosaient en une pluie d'or qui ruisselait autour de lui. C'était l'or qui attirait Vermont. C'était lui qui menait le monde. Même normaux, les gens s'inclinaient devant le fric. Il fit un geste.

- Arrête. Tu m'as convaincu. Il marqua un temps d'arrêt. Cela m'a l'air bien beau, mais il faut pas mal d'argent pour démarrer.

Paret balaya l'objection d'un geste :

- Ce n'est pas un problème. Viens quinze jours chez moi. Si tu en es capable, je t'avancerai les fonds.

Il fit un grand signe au garçon pour renouveler les consommations. C'était la quatrième tournée d'une fine presque centenaire. La tête un peu lourde, Vermont approuva, puis demanda abruptement.

- C'est bien sûr tentant. Mais tu ne va quand même pas me faire croire que tu ferais tout cela pour mes beaux yeux.

- L'amitié, mon vieux. L'amitié. Ce qui marche pour moi peut aller pour toi.

Il marqua un temps d'arrêt, puis continua d'un ton plus calme.

- Bien sûr il est possible qu'un jour on te demande de renvoyer l'ascenseur.

- On, qui ça, on ?

- Mes commanditaires.

- Drogue ?

- Non.

- Filles ?

- Non plus. Rien de tout cela. Je ne sais moi-même pas grand chose. Je ne suis pas trop curieux.

- Toi, que fais-tu pour eux ?

- Je m'occupe d'élevage.

- Et tu élèves quoi ?

- Ecoute Georges, ne cherche jamais à en savoir trop. Jamais. D'ailleurs, je t'en ai déjà trop dit.

La voix avait changé et le sourire amical avait disparu.

- Ça t'intéresse toujours ?

- Tu sais, Roland, pour de l'argent je ferais n'importe quoi.

Paret approuva sèchement.

- C'est bien ce que j'avais cru comprendre. Il lui tendit la main. Ils se la serrèrent en silence. Le visage était redevenu souriant, mais les yeux étaient fixes et durs, la paume de la main était froide et sèche. Dans les vapeurs d'alcool, Vermont eut la sensation fugace qu'il venait peut-être de vendre son âme au diable.

Il haussa les épaules et appela le garçon.

- Celle-ci c'est pour moi.

*

- Faut-il la faire taire ?

- Comment ? Vermont secoua la tête, chassant ses souvenirs. La faire taire qui ?

- Carole. La faire taire. Sa main fit un geste bref.

Il réagit violemment.

- En la pendant peut-être ! Toi, je me demande parfois si j'ai bien fait de te faire venir ici. Non. On n'y touche surtout pas. Mais je voudrais être sûr et certain que la petite Saint-Viron ne lui a rien dit.

Et, se tournant vers son premier adjoint :

- Demain matin, tu iras trouver Carole. Essaie de savoir si les confidences n'ont pas été plus loin. Explique-lui que les policiers qui risquent de l'interroger essayent de salir la mémoire de son amie afin de nuire à l'ordre. Il faut qu'elle se taise. Par mesure de sécurité, je demanderai à mon ami Paret de l'accueillir dans quelques jours. Un départ trop hâtif pourrait être considéré comme suspect.

- Et pour le job de la petite ?

- Il est beaucoup trop tard pour entreprendre quoi que ce soit. Vermont se sentait soulagé d'un grand poids. J'aviserai. Il congédia ses acolytes d'un geste bref de la main. Le plus dur allait être de s'expliquer avec Paret.

Chapitre IV

Paris, jeudi 9 septembre 1999. J -114.

- Nous sommes officiellement chargés de la coordination de tout ce qui concerne le syndrome M.

Thierry Ronquières d'Archambeau était revenu de la place Beauvau les bras chargés de dossiers. Son ministre lui avait déclaré :

- Ne vous figurez pas, mon cher, qu'il s'agisse d'un cadeau enviable. Il se trouve simplement que vous avez eu le privilège de voir clair les premiers.

Les polices intéressées ne savent plus à quel saint se vouer et ont comme par le passé marché au combat en ordre dispersé. Les morts de Jolimont-Saint-Pierre ont eu comme résultat positif la création de votre Agence. Vous trouverez dans ces dossiers les résultats des enquêtes menées par les polices nationales. Vous n'y verrez guère de progrès. De vous à moi, d'Archambeau, cette affaire m'inquiète au plus haut point. On dit dans notre pays du ministre de l'Intérieur qu'il est le premier flic de France. L'appellation ne me déplaît pas. Macheron, votre adjoint est un grand policier. Que pense-t-il de tout cela ?

- Il prétend que cela sent mauvais.

- D'Archambeau, il a certainement dit : «ça pue».

Ce dernier sourit. Macheron avait parlé de merde.

Le ministre continua.

- Et il a raison. Il y a derrière ces événements quelque chose qui m'échappe encore. Mais, croyez-moi, c'est gros. Allez-y à fond. Avez-vous du nouveau pour moi ?

- Je le crois, monsieur le ministre. Notre ami Vlassov est rentré de Moscou avec une information concernant la rage en Angleterre.

- Et c'est maintenant que vous m'en avisez ?

- Il n'est rentré qu'hier. J'ai profité de notre entrevue d'aujourd'hui pour vous prévenir. La nature et la provenance du renseignement sont du domaine disons, sensible.

- C'est à dire ?

- Que les satellites espions russes continuent de surveiller nos pays.

- Ce n'est vraiment pas une nouveauté.

- Officieusement, je vous l'accorde.

- Mon cher, tout le monde passe son temps à surveiller tout le monde. Même ses chers amis. C'est un peu comme les écoutes téléphoniques. Elles n'existent pas officiellement.

- Bref, officiellement cette fois, ils ont pu suivre le périple d'un gros cabin-cruiser qui semble s'être arrêté au moins à deux reprises au large des cinq points de contamination le long des côtes anglaises.

- Intéressant.

- Certainement, mais peut-être un peu prématuré.

- Renseignements pris, ce bateau navigue sous pavillon panaméen, ce qui n'a rien d'étonnant. L'armateur semble être une société écran dont le siège social est situé aux Virgin Islands.

- C'est intéressant mais maigre. Que comptez-vous faire ?

- Lucas, l'adjoint de notre ami Winmere est parti sur place. Il est vraiment très fort en informatique, et peu de systèmes sont de taille à lui résister.

Le ministre eut une moue dubitative.

- Vous savez, la télévision nous montre trop de ces petits génies qui forcent les codes d'entrée du Pentagone en quelques minutes. Cinéma que tout cela. Nos secrets défense sont gardés, et à l'abri de ces fantaisistes. Tenez-moi au courant.

Il lui tendait la main. D'Archambeau se leva et lui tendit une feuille de papier pliée en quatre.

- Mes respects, monsieur le ministre.

Il avait fait quatre pas quand il entendit un sonore «Nom de Dieu...»

Voir figurer l'organigramme et les codes de la D.S.T. désignés d'un médium vengeur avec pour légende «Yoda vous salue bien» vous secoue un homme, fût-il ministre de la République.

∗

D'Archambeau riait encore en narrant à ses collègues la stupeur effarée de son chef prenant connaissance de la dernière fantaisie de «Rodji» Lucas.

Winmere maugréa. «Ce garçon va finir par s'attirer des ennuis».

Douglas Andrew leva les yeux du dossier dans lequel il était plongé :

- Je promets que le Gouvernement de Sa Majesté lui décernera le D.S.O s'il trouve quelque chose concernant l'épidémie de rage dans mon pays.

S'ensuivit un bref échange de vues. Les progrès enregistrés étaient ténus.

- J'ai peut-être une vision égoïste des choses — c'était Tourneau qui parlait — parce que jusqu'à présent, le Canada semble avoir été épargné. Je me suis dès lors attaché à l'avenir et à la prévention.

C'était un gros homme d'apparence timide, toujours vêtu de gris et une tendance à la transpiration en toute saison. Son Québec natal et ses longs hivers lui manquaient. Ses collègues témoignaient de beaucoup de respect pour sa puissance de travail et ses intuitions.

- Nous avons jusqu'à présent subi les événements. Si nous partons du principe que les plaies décrites dans la Bible vont continuer à se reproduire, il serait intéressant de s'attacher à savoir quelle en serait la nature exacte, le site choisi et les moyens d'y parer.

Ce que vous a dit votre ministre — il s'adressait à Ronquières d'Archambeau — m'a frappé. C'est un bon flic. Il sent les choses. Nous sommes bien d'accord pour dire que ces événements ne sont pas le fruit du hasard. Nous semblons plus divisés sur la suite des événements. Personnellement je crois qu'ils vont continuer. Alors examinons-les.

Tous faisaient maintenant cercle autour de lui.

Se sentant l'objet de l'attention générale, Tourneau mâchonna son crayon et consulta les notes étalées sur son bureau.

- Voilà. Il nous reste :

Ulcères et tumeurs chez les hommes et les animaux.
Mort des enfants premiers nés.
Ténèbres couvrant la terre.

Les deux derniers ont vu leur ordre s'intervertir par rapport à la tradition biblique. Je vous en expliquerai les raisons. En ce qui concerne les ulcères je pense à une épidémie.

- C'est logique, approuva Winmere.

- Et qui se déroulerait où ? questionna Kendo.

- A peu près n'importe où, répondit le Canadien avec un soupir dans la voix. Je dirais un pays en voie de développement. Pour justifier ce choix, je citerais les fortes densités de population urbaine, un équipement médical qui laisse souvent à désirer, et des conditions de vie et d'hygiène qui favorisent les propagations. L'Afrique ou le sous-continent Indien peut-être ?

Winmere approuva.

- Excellent, Pierre. Je suggère que l'on prévienne d'urgence l'O.M.S. Tout début d'épidémie présentant des manifestations extérieures de type bubonique ou tumoral doit être signalé en priorité et traité comme tel.

Douglas interrogea.

- Et les ténèbres couvrant la terre ?

Tourneau confirma :

- Comme je vous l'ai dit, je ne respecterais pas l'ordre chronologique de la Bible. Je pense que l'étape suivante sera la mort d'enfants. Faute de les voir tuer par un ange vengeur, je pencherais pour un empoisonnement alimentaire.

D'Archambeau grimaça.

- Ça sonne épouvantablement juste, hélas. Pierre, mon cher, mes compliments. Vous nous ouvrez les yeux.

- Il suffit, continua Vlassov, d'ajouter un poison quelconque dans des boîtes de lait en poudre ou des pots d'alimentation et vous avez un massacre abominable sur les bras.

- Qu'il faut absolument éviter, conclut Tourneau.

- Je suggère, commença Kendo, que toutes les firmes fabricant des aliments pour bébés doublent, triplent, décuplent même leurs contrôles de qualité. Il faut surveiller de près toute la chaîne de production jusqu'au produit fini.

- On pourrait, suggéra Vlassov, demander que ces usines envoient 24 heures sur 24 des échantillons à des laboratoires d'analyse. Ils bénéficieraient d'une priorité absolue.

- D'accord, approuva Winmere. Il faut surveiller également les eaux de source. Certaines doses de produits qui rendraient un adulte malade peuvent être létales pour des nourrissons.

- Rien d'autre ? demanda d'Archambeau.

Les autres secouèrent négativement la tête. C'est un point de départ, continua-t-il. Envoyons des notes de synthèse sur ces bases. D'autres auront certainement des idées.

Pendant quelques secondes, tout le monde resta perdu dans ses pensées. Elles avaient pour la plupart la forme immobile et froide d'un petit être aimé. Tourneau rompit le silence.

- Je me suis enfin attaché à penser à ce que pouvaient être les ténèbres couvrant la terre. Au début, je n'ai rien trouvé de significatif. Cela pourrait être une éclipse de soleil, un orage particulièrement violent, une éruption volcanique qui projette des cendres dans le ciel. Tout cela est naturel et difficile à provoquer. Puis j'ai pensé...

Kendo l'interrompit :

- A Hiroshima, après l'explosion de la bombe atomique, un nuage de poussière a obscurci le ciel.

Tourneau hocha affirmativement la tête.

Les autres les regardaient, muets et blêmes.

Virgin Islands, vendredi 10 septembre 1999. J -113.

«Rodji» Lucas n'aimait pas les paradis exotiques, à fortiori fiscaux. Il n'aimait pas les banques non plus. Son arrestation avait été la conséquence de la longue traque qu'elles lui avaient livrée, à grands renforts de détectives privés et de promesses de primes qui avec le temps étaient devenues pharaoniques. Elles étaient lasses du joyeux chassé-croisé auquel il se livrait dans les comptes privés de leurs dirigeants, et des contributions forcées à une série d'organisations philanthropiques qui n'en espéraient pas tant. Il signait toujours ce qu'il considérait comme d'aimables plaisanteries de son doigt vengeur.

C'était un de ses amis qui l'avait vendu. Lucas en avait conçu une légère amertume. L'argent corrompait tout, mais cette constatation n'était ni neuve, ni de nature à bouleverser le monde. Sa rancune était par contre tenace envers les responsables de son incarcération, interrompue par l'intervention d'Arthur Winmere.

Il estimait que le métier de banquier était, dans son immense majorité, exercé par des gens parfaitement honorables, mais que l'ascension dans la hiérarchie supposait faire la preuve d'un talent affirmé de prédateur. Il prétendait que trônaient au sommet des banques les plus performantes, des hommes dont les mentalités feraient rougir de honte une hyène normalement constituée.

Lucas considéra sans la voir la place principale de la ville.

En dehors de ses ordinateurs il n'accordait au monde qu'une attention distraite.

Arrivé la veille avec un sac à dos pour tout bagage, son allure décontractée, ses longs cheveux tirés en arrière et son inscription dans le plus cher palace de la ville, l'avaient fait cataloguer comme yuppie en goguette par des autorités soupçonneuses, ce qui est normal dans un pays qui compte plus de comptes en banque que d'habitants.

Le matériel sophistiqué qui lui était indispensable avait, comme il se doit, été amené par la valise diplomatique. Lucas disposait maintenant de tout le nécessaire indispensable à la pratique de son art.

- Le premier problème, se dit-il, est de savoir par où commencer. Le second, poursuivit-il, est de savoir exactement ce que je cherche. La banalité de ces conclusions le secoua. Totalement indifférent au grouillement bigarré des foules antillaises, il avait marché au hasard, enregistrant les enseignes d'établissements bancaires réputés. Le monde entier y était représenté.

Lucas prit conscience de la chaleur. Déambuler sans but précis ne lui servait à rien. Il décida de rentrer à son hôtel, où il réfléchirait mieux dans la fraîcheur de l'air conditionné.

Allongé sur son lit, il passa en revue les éléments dont il disposait :

- Les événements se sont passés majoritairement en Europe ;
- Le bateau repéré par les satellites russes s'appelait le Tempico. C'était un cabin-cruiser de 90 pieds, appartenant à la World Fame Inc., filiale d'une Ansalt du Lichtenstein ;
- Celle-ci était domiciliée comme des centaines de ses semblables auprès d'un des innombrables cabinets d'avocats d'affaires qui fleurissaient dans la ville.

C'était maigre, mais suffisant. La première chose à faire était de rendre visite aux avocats.

∗

Les bureaux de Juan Carlos Mendès Berguilla et ses associés occupaient tout un étage d'un des immeubles ultramodernes du centre de la ville.

Maître Miguel Ferrero considéra attentivement son vis-à-vis au-dessus de ses lunettes de lecture.

- Vous souhaitez donc constituer une société. De quelle importance serait le compte que vous voulez que nous vous ouvrions ?

- Le premier dépôt sera de dix millions de dollars U.S., répondit négligemment Lucas. Après, on verra.

Maître Ferrero essayait depuis que son visiteur s'était installé en face de lui de déterminer à quelle catégorie ce dernier appartenait. Il avait envisagé deux possibilités : soit un petit génie de l'informatique qui avait inventé un programme révolutionnaire et souhaitait placer ses fonds à l'abri du fisc de son pays, soit un petit génie de l'informatique qui piratait les programmes des banques et avait trouvé un moyen inédit de faire fortune sur le dos de ses employeurs et de leurs clients.

La mention «après on verra» l'amena à adhérer à la seconde hypothèse. Il se demanda un bref instant ce que son visiteur avait pu concevoir comme arnaque. Les centimes baladeurs appartenaient à la préhistoire de l'escroquerie...

La discussion s'engagea, technique, et se termina par la remise d'un chèque certifié tiré sur une banque luxembourgeoise que les avocats feraient transiter sur leur compte avant de le déposer, la société munie de ses statuts légaux, sur celui d'une banque du choix de leur client, ce qui prendrait plusieurs jours. Les transactions se faisaient maintenant à la vitesse de la lumière. Une semaine d'intérêts en plus des honoraires, c'était bon à prendre. Les deux hommes se serrèrent la main.

Lucas était maintenant en possession du numéro de compte particulier des avocats. Des naïfs auraient pu penser à une simple en-tête de lettre pour se le procurer. Il sourit. On n'emploie pas le compte courant pour de pareilles transactions. A partir de là, il allait pouvoir travailler. Il aurait sans doute pu se procurer ce numéro d'une autre manière, mais les questions d'argent dans ces pays sont toujours éminemment suspectes. De plus, un dépôt de l'importance de celui effectué constituait un sésame puissant. Il aurait peut-être besoin pour ses démarches de la respectabilité que confère à son titulaire un compte bien garni.

- Fonds illimités, avait dit d'Archambeau.

De toutes façons, l'argent mis à la disposition de l'Agence était parfaitement à l'abri, et productif d'intérêts confortables. Le rêve, quoi !

Il lui restait une dernière démarche à effectuer.

S'approchant de la réception, il remit négligemment à l'employé une enveloppe non close à l'en-tête Mendes-Berguilla qui contenait le reçu remis par les avocats. Il demanda que l'on veuille bien le déposer au coffre de l'hôtel, et s'éloigna. Nul doute que l'employé allait y jeter un coup d'oeil. Après cela, quelques pourboires judicieusement distribués lui garantiraient la paix des riches.

Florence, 10 septembre 1999. J-113.

Matteoli était à nouveau à Florence. L'Albergo della Signoria, à deux pas du Campanile et du Ponte Vecchio était depuis toujours son point de chute dans la capitale toscane. Il sortit dans la rue étroite et se dirigea vers les arcades qui abritaient sa taverne favorite, où l'attendait son ami Venturi.

Celui-ci leva son verre à son intention.

- Mes félicitations.

- Merci, encore que je ne voie pas pourquoi.

- «L'Agence pour l'Environnement coordonnera désormais tous les faits et renseignements généralement repris sous la dénomination du Syndrome M. Ils recevront une aide totale et sans réserve de tous les services, priorité absolue», etc., etc. J'ai rarement vu un texte aussi clair dans notre police nationale.

- Je pensais que tout cela était discret, à défaut d'être secret.

- Ça l'est encore plus ou moins, encore que chez nous, tu sais... Non, j'ai reçu un message à titre personnel, puisque c'est moi qui dirige l'enquête sur le rougissement de l'Arno. Rassure-toi. Le texte n'a pas encore été diffusé dans tous les commissariats du pays.

- A ce propos, où en es-tu ?

- Je n'ai pas de progrès significatifs à te proposer. La façon dont toutes les portes se referment me fait penser que les auteurs sont très forts. Tu pourrais m'aider en me disant ce après quoi vous courez.

Matteoli se décida. L'affaire était secrète, bien sûr, mais Venturi était un homme de toute confiance. En savoir plus l'aiderait sans doute dans ses recherches.

- Ecoute, dit-il en jetant un coup d'oeil autour de lui, tout ceci est extrêmement confidentiel, mais nous pensons que...

Son ami l'écouta en silence, approuvant, haussant les sourcils, écarquillant les yeux. Quand il eut terminé, il lui déclara :

- Je te remercie pour cette marque de confiance, mais si d'une part, je comprends la nécessité du secret par rapport aux possibles réactions du public, je le regrette, dans la mesure où sans fil directeur, les enquêtes continueront à tourner en rond. Et puis non, vous avez sans doute raison. Si les gens apprenaient qu'une bande d'énergumènes projette d'assassiner des nouveau-nés, ce serait l'explosion.

- J'en ai peur, mais à la lumière de ce que je t'ai dit, vois-tu un élément neuf à me communiquer ?

- Nous avons désossé la maison mais en vain, puis nous avons enquêté auprès des propriétaires. Nous sommes tombés sur une tribu de Borgia qui s'entre-déchiraient à propos d'une succession dont cette baraque faisait partie. Faute de trouver un accord, ils laissent les biens hérités partir en ruine. Rien à tirer de ce côté là.

Par contre, nous avons envoyé des demandes à toutes les industries chimiques du continent et là, coup de chance, il n'y a que trois usines en Europe qui fabriquent le colorant incriminé.

Un de mes adjoints a eu l'excellente idée de demander quels étaient leurs nouveaux clients depuis un an. Nous avons reçu en retour une liste de onze firmes qui toutes ont fait l'objet d'une enquête serrée. Dix d'entre elles paraissent à l'abri de tout soupçon, mais je n'en dirais pas autant de la Chemicale Turinese, dont le siège social et les ateliers consistent en un entrepôt miteux et vide dans la banlieue sud de Turin. La location a été effectuée il y a près d'un an et le loyer était payé régulièrement.

Cette société déclarait être filiale d'un groupe allemand, inexistant bien sûr. Les fonds ont été versés à la Banco di Roma par l'intermédiaire de la filiale belge d'une banque luxembourgeoise. A partir de là on perd toute trace, secret bancaire oblige.

- Ce n'est déjà pas mal. Dès demain nous enverrons une équipe avec mandat international à Luxembourg. Ce ne serait pas mal si on trouvait les traces de ses généreux donateurs quelque part aux Antilles.

- Mon vieux, c'est tout le bien que je vous souhaite.

∗

Carole Decamp signa sa déposition.

- Et maintenant, monsieur le commissaire, comment allez-vous faire pour me protéger. Elle usait du même ton monocorde et plaintif que la poupée de sa cousine. Le jouet répétait indéfiniment «Maman, je t'aime».

Jean-Thierry Fromont réalisa que la seule pulsion homicide ressentie au cours de son existence avait eu pour objet une parente de huit ans, tant la voix de ce jouet avait pu l'énerver.

La disparition de la poupée avait, devant les pleurs de la gamine, fait l'objet d'une véritable enquête familiale. Quelques années plus tard, au moment des premières boums, la sauterelle à nattes devenue une séduisante adolescente, avait entamé avec lui un flirt assez poussé qui n'avait eu à sa grande stupeur, d'autre objet que de l'amener à avouer le forfait dont elle l'avait toujours soupçonné. Il avait nié avec énergie, et elle s'était éloignée de lui, méprisante, emportant avec elle ses rêves vaguement incestueux. Après plus de vingt ans, Fromont eut encore le court frisson que l'évocation du crime parfait procure à son auteur.

- Monsieur le commissaire !

Il sursauta. Dieu, qu'il détestait cette voix ! La jeune femme mal fagotée, aux cheveux coupés à la diable, méritait pourtant toute son attention.

Au travers de son récit, il devina son état de sujétion vis-à-vis du Temple du Renouveau et mesura l'effort et le courage qu'il lui avait fallu pour revenir témoigner. Elle était revenue d'Alsace, où l'avaient escorté deux membres de la secte, taciturnes et brutaux.

Une autre secte l'avait prise en charge, et elle avait passé plusieurs jours enfermée dans une chambre, à ressasser les évènements récents.

La surveillance dont elle faisait l'objet, la suspicion de ceux qu'elle considérait comme sa vraie famille avaient fait lever en elle un doute, d'abord insidieux, mais que l'éloignement faisait chaque jour augmenter. Ceux qui lui avaient fait jurer le silence avaient argué de la santé mentale déficiente de son amie Monique, avaient parlé de la malveillance du monde extérieur, de la volonté de les discréditer.

Elle les avait d'abord crus, car les quelques phrases décousues lancées par une amie hagarde et au bord de la crise de nerfs lui avaient paru être le témoignage d'un esprit dérangé. Son suicide, le lendemain, l'avait plutôt confortée dans cette opinion.

Fut-elle restée aux Mélèzes qu'elle n'aurait pas changé d'avis. L'éloignement de ceux qui la dominaient depuis deux ans et les froides soirées alsaciennes l'avaient fait réfléchir. Et si Monique avait dit vrai ?

Le doute avait grandi. Ce que lui avait dit sa voisine était incroyable. «Des bébés. Ils veulent que je tue des bébés».

Carole l'avait regardée, interloquée. Monique travaillait chez «Premier âge», filiale d'un important groupe alimentaire, spécialisée dans les produits pour nourrissons.

Deux jours avant le drame, l'un des responsables des Mélèzes lui avait demandé d'incorporer, à la prochaine pleine lune, un sachet de poudre dans la chaîne de fabrication. On lui avait précisé qu'il s'agissait d'une sorte de lait particulier destiné à permettre aux rayons cosmiques de pénétrer dès la naissance chez l'enfant et de favoriser ainsi leur développement spirituel, en accord avec les principes du Temple.

A ce point du récit, Fromont avait regardé fixement la jeune femme en se demandant si elle essayait de se payer sa tête. Même pas. Encore maintenant, elle parlait de rayonnement cosmique avec conviction.

Monique avait prit une partie de ce lait pour nourrir une portée de chatons. Les animaux étaient morts foudroyés en quelques secondes.

Carole raconta la réaction hystérique de son amie. «Ils ont voulu que je tue des bébés !». Le lendemain on l'avait retrouvée pendue.

Fromont appela un adjoint, et lui donna les instructions relatives au transfert de Carole Decamp. Il avait une tante dans la campagne ardéchoise, veuve depuis peu et qui verrait sans déplaisir lui venir un peu de compagnie. Il se promit néanmoins de lui téléphoner pour l'informer de la nature particulière de son hôte temporaire.

Il téléphona ensuite au juge d'instruction afin d'obtenir des mandats de garde à vue pour le gourou Georges André Vermont et ses adjoints. Il avait, dans le rapport d'enquête sur la mort de Monique de Saint-Viron, laissé suffisamment de questions en suspens pour qu'on ne classe pas le dossier.

Une demi-heure plus tard, il se présentait devant les Mélèzes, suivi d'une fourgonnette de la gendarmerie. Les grilles étaient grandes ouvertes. Çà et là, des groupes de fidèles discutaient. D'autres erraient au hasard.

Fromont comprit tout de suite que les oiseaux s'étaient envolés.

Paris, siège de l'Agence, mercredi 15 septembre 1999. J-108.

Sperlitz fit irruption dans la salle de réunion, un fax à la main :

- Tourneau avait raison ! Ils veulent s'attaquer aux enfants en empoisonnant leur alimentation. Nous venons de recevoir un rapport venant de la Préfecture de Police des Bouches-du-Rhône. La secte du Temple du Renouveau s'apprêtait à empoisonner du lait en poudre destiné aux nourrissons, par le biais d'une de leur membre, embauchée dans l'usine. Il semble que la jeune fille n'a pas supporté cette idée et se soit suicidée.

Paris, Ministère de l'Intérieur. 15 septembre 1999.

Thierry Ronquières d'Archambeau termina son rapport verbal au ministre. Il avait obtenu une entrevue dans l'heure qui avait suivi la réception du fax.

- Cette fois nous sommes vraiment en guerre, grogna ce dernier. Il semblait désemparé devant l'énormité de la nouvelle.

- En guerre, oui, quoique rares soient les conflits où l'on vise délibérément des enfants.

- Quelles sont vos suggestions ?

- Monsieur le ministre, nous avons eu de la chance, bien que nous ne puissions pas être certains que le Temple du Renouveau soit la seule secte opérant dans ce domaine sur le territoire national. De plus, son importance numérique ne la situe pas parmi ceux que nous avions définis comme participants possibles au complot. Cela augmente d'autant le champ de nos investigations.

- Au fait, mon cher.

- Il faudra vérifier toute embauche antérieure à un an à dater de ce jour dans les industries s'occupant d'alimentation enfantine. Idéalement ces firmes devraient être avisées de la menace. Elles devraient mettre dès aujourd'hui en congé d'office, le personnel engagé dans le courant de ces douze derniers mois, avec interdiction de se présenter sur les lieux de travail avant que ayons les résultats des enquêtes. On trouvera bien un motif.

Les enquêtes devront être menées par le personnel le plus qualifié qui soit. Sera considérée comme suspecte et écartée pour une durée indéterminée toute personne appartenant à une secte ou ayant un parent ou ami dans l'une de celles-ci, voire même en être sympathisant.

- C'est à une véritable chasse aux sorcières que vous me conviez !

- Monsieur le ministre, vous m'avez dit il y a un instant que nous sommes en guerre. De plus, croyez-vous que le public vous pardonnerait de n'avoir pas fait tout ce qui était humainement possible pour éviter une telle tragédie ?

- Vous avez raison. Mais la presse risque de se déchaîner, les syndicats aussi.

- Ne serait-il pas temps que l'on informe le public ?

- Je ne le pense pas. Pas encore, du moins. Imaginez-vous les réactions qui risquent de s'ensuivre. D'abord, une panique incontrôlée, ensuite de possibles pogroms de quelques bandes d'inoffensifs illuminés.

- Voyez-vous, j'ai beaucoup réfléchi aux buts poursuivis par les commanditaires de ces actes. Nous avons estimé au début que les manifestations folkloriques — grenouilles, sauterelles, eau changée en sang — étaient autant de mises en scène destinées à frapper les imaginations et à faire rentrer les crédules dans les temples.

Quand le bétail a été attaqué, j'ai eu de sérieuses appréhensions sur la finalité de ces actes. Maintenant, le doute n'est plus permis. C'est à une tentative de déstabilisation généralisée que nous assistons.

- Oui, mais où et quand ? Nous ne savons pas de façon précise quels sont les buts de ceux contre qui nous nous battons, pas plus que nous ne connaissons leur identité. Alors, pouvons-nous laisser une majorité d'innocents paumés exposés à une colère populaire dont nous ignorons également quelle en serait l'ampleur si l'on apprenait que les sectes sont à l'origine des maux qui nous frappent ?

- Et que comptez-vous faire ?

- Mon cher, on nous accuse toujours de pratiquer la langue de bois. Je vais rencontrer les grands patrons de presse et les dirigeants syndicaux et les mettre devant leurs responsabilités. Si j'arrive à les convaincre de la nécessité de garder le silence pendant quelques semaines encore, j'espère que nous saurons à ce moment contre qui nous nous battons.

- Vous croyez qu'ils marcheront ?

- Vous savez, ce sont des gens intelligents et responsables.

- C'est curieux de vous entendre dire cela, sourit d'Archambeau.

- Je le pense vraiment. Ils font leur métier, je fais le mien. Cela crée pas mal de frictions, bien sûr, mais dans des circonstances pareilles, je pense qu'on peut compter sur leur civisme et leur réalisme. Voyez-vous quelque chose d'autre ?

- J'estime, compte tenu des circonstances que les dirigeants des firmes alimentaires devraient également être tenus informés. Il faudra qu'ils écoulent leur stock en priorité. Des analyses rigoureuses sont déjà en cours, grâce aux remarquables conclusions de notre collègue canadien. Tous les pays où sont implantées des sectes devront être prévenus du danger.

Le ministre griffonnait quelques notes.

- Quel type de poison cherchons-nous ?

- Un policier des Bouches-du-Rhône, un certain Jean-Thierry Fromont...

- Ah oui, le danseur de samba.

D'Archambeau le regarda, interrogatif.

- Rien, continuez. Je vous expliquerai.

- Il a fait là-bas un travail remarquable. Quand je vous ai narré les circonstances de la découverte, je vous ai dit que c'est la mort d'une portée de chatons qui avait déclenché le drame. Fromont a estimé à juste titre que leur autopsie pourrait nous apprendre quelque chose d'utile. Il a fait fouiller tout le domaine et les a trouvés enterrés quelque part. Le laboratoire a décelé la présence d'une substance d'une toxicité extrême, mais inconnue.

- C'est à dire ?

- C'est à dire que leurs conclusions débouchent sur un vieux cauchemar, celui de civils en possession d'armes NBC développées par les grandes puissances pendant la guerre froide.

Le ministre se prit le front dans la main gauche et fermant les yeux se massa les tempes d'un geste circulaire.

- Cela ne semble pas venir de chez nous, ajouta d'Archambeau.

- Nous ne fabriquons pas de pareilles saloperies.

- Non, bien entendu. La voix démentait l'assurance des mots. J'ai cru bon de faire partager la portée de chatons en autant de pays susceptibles d'avoir développé ce type de produits. Ils sont partis par la valise diplomatique.

- Quelle est votre opinion ?

- Je n'en ai pas, ayant peu de lumières sur la question. Les spécialistes que j'ai interrogés m'ont dit qu'il s'agissait de molécules d'un très haut degré de sophistication. Tirez-en les conclusions que vous voudrez.

- USA ou ex URSS ?

- Et comme je ne crois pas que les Américains se soient mis à vendre à l'encan leurs stocks ultra-secrets...

Ils se regardèrent droit dans les yeux. Devant eux flotta un instant le spectre des grandes pestes du passé. d'Archambeau secoua le premier la tête et demanda :

- Où en est-on avec la dernière hypothèse de Tourneau et Kendo ?

- Elle a créé la panique généralisée à tous les échelons de la filière nucléaire des pays qui contrôlent l'atome. Tel que vous me voyez, je passe seize heures par jour dans ce bureau. Mon collègue des Armées en fait de même. Et c'est partout pareil.

- Y a-t-il du concret ?

- Rien. Mais votre suggestion sur les travailleurs nouvellement embauchés dans les usines pourrait utilement s'appliquer aux centrales nucléaires.

Il prit quelques notes et continua :

- Nous ne savons pas avec précision à quel type de menace nous sommes confrontés. Bombe, explosion de centrale nucléaire, dissémination de résidus radioactifs. Le choix est vaste. Le club des détenteurs d'armes nucléaires est beaucoup moins fermé que le public ne se l'imagine, et notre fichue manie de livrer des centrales clefs sur porte à n'importe quel détenteur de pétrodollars a disséminé ces installations sensibles d'un bout à l'autre de la planète : 441 centrales dans 35 pays.

Certains experts calculent, dans leurs cauchemars, le résultat de l'explosion de quelques tonnes de résidus de combustion soufflés dans l'espace par une explosion classique de grande puissance. Maintenant, mon cher, je vais vous demander de me laisser à mes problèmes. Même si les nouvelles que vous m'apportez ne sont jamais bonnes, sachez que j'apprécie au plus haut point votre travail et celui de vos collègues. Transmettez-leur mes amitiés.

- Je n'y manquerai pas et je vous remercie, monsieur le ministre. D'Archambeau se leva et se dirigea vers la porte.

- A propos, votre jeune collègue ? Le ministre faisait derrière son bureau un doigt d'honneur totalement incongru, où en est-il ?

- Il nous a téléphoné hier. Il semblerait qu'il progresse.

- Quand tout cela sera terminé, amenez-le moi, voulez-vous ?

- Je n'y manquerai pas. Mes respects, monsieur le ministre.

Chapitre V

Sarajevo, 21 septembre 1999. J -102.

Le choix qu'avait fait Tourneau d'un pays en voie de développement comme siège de la plaie relatant l'apparition de tumeurs et d'ulcères chez les hommes et les animaux, obéissait à une logique simple. Il avait raisonné en termes de densité de population, d'état sanitaire général, d'absence de personnel qualifié et de matériel adéquat.

Il avait négligé l'impact médiatique du malheur.

Que pouvait représenter une épidémie, aussi grave fut-elle, dans un pays d'Afrique au regard des désastres quotidiens que subissaient ses populations ?

Le récent génocide ruandais, tant que la télévision avait pu proposer des vues de charniers et d'alignements de cadavres sauvagement abattus à la machette, avait fait la une de l'actualité pendant quelques jours. Il y avait eu un million de morts. J'y pense et puis j'oublie...

Des milliers d'êtres humains mourraient tous les jours de faim ou étaient victimes de la résurgence de maladies endémiques que l'on avait crues éradiquées.

Le Sida faisait des ravages.

La télévision qui permettait de vivre en contact direct et instantané avec toute la misère du monde avait provoqué une sorte de mithridatisation affective.

Le drame du Sahel avait été un des premiers à émouvoir les foules.

Puis il y avait eu l'Ethiopie, l'Ouganda, le Ruanda et bien d'autres.

Trois cents millions de petits Africains, et moi, et moi, et moi...

Le choc des images devait se nourrir de plus de morts, plus de sang ou plus de misère pour émouvoir.

Seul un risque quelconque de contamination des populations occidentales éveillait l'inquiétude et partant, l'intérêt. L'apparition du virus d'Ebola en avait été la preuve. En dehors de cela, il fallait trouver un véritable drame pour distraire de leur indifférence les populations des pays riches, dont les préoccupations s'appelaient chômage, inflation, insécurité, endettement.

C'est donc une parfaite logique de l'horreur qui présida au choix de Sarajevo comme théâtre de l'apparition de l'épidémie qui frappa soudainement.

La ville déjà martyre qui commençait à se remettre des absurdités et des horreurs d'une guerre civile se vit victime d'une flambée soudaine de peste qui fit en quelques heures des milliers de victimes innocentes. Elles avaient eu le tort de boire au robinet l'eau rétablie quelques années auparavant, cette même eau pour laquelle certains étaient morts sous l'oeil des caméras.

Le choc fut immense et la terreur s'installa partout dans le monde.

Ce siècle avait commencé sur fond de Belle Epoque. Celle-ci s'était brutalement terminée par le coup de feu tiré le 28 juin 1914 par le serbe Princip, à Sarajevo. La guerre civile en ex-Yougoslavie au début des années 90 avait prouvé au monde que le danger restait réel en Europe. Sarajevo avait été le témoin de l'absurdité d'un conflit qui prenait ses racines dans un passé ethnico-religieux que l'on tentait vainement d'oublier et qui resurgissait partout.

Un éditorial du Nouvel Observateur rappelait Valéry : «Nous autres, civilisations, savons maintenant que nous sommes mortelles». A la liste des grandes cités mortes du passé qu'avait dressée l'écrivain, le chroniqueur rajoutait Sarajevo et Paris.

Partout, les télévisions du monde entier montraient les longs alignements de corps, les scènes déchirantes d'un chagrin mêlé d'incompréhension, les bulldozers creusant des fosses communes pour des corps que l'on ne pouvait enterrer.

Dans le même temps, de l'autre côté de l'Atlantique, des hôpitaux du Maine et du New Hampshire enregistrèrent le décès de trois cent vingt-quatre nourrissons.

Le lait en poudre responsable de ces morts fut retiré de la vente dans les trois heures qui suivirent les premiers décès. Toutes les mesures à prendre avaient été prévues en cas de malheur.

Par dizaines de milliers, policiers et agents du F.B.I. munis des mandats adéquats, chacun dans un secteur soigneusement déterminé, se présentèrent dans les pharmacies, les entrepôts, et les points de vente. Ils emmenèrent des paquets ornés de la photo d'un bébé souriant qu'embrassait une mère heureuse.

Le mal était fait. L'Amérique, trop attachée aux libertés individuelles, n'avait pas pu prendre les mesures que d'aucuns, moins sourcilleux des droits du citoyen, avaient prises.

Elle payait ainsi très cher son attachement à sa Constitution. Ses partenaires avaient appliqué les recommandations du ministre français de l'Intérieur, et bien que l'on n'ait pu identifier aucun suspect, le pire avait été évité. On apprendrait plus tard, qu'outre la France, l'Italie, l'Allemagne et la Pologne devaient être frappées. La mort de ces petits innocents ajoutée au drame de Sarajevo plongea le monde dans une stupeur inquiète.

Washington D.C. Maison Blanche, samedi 25 septembre 99. J -98.

Arthur Winmere éprouvait comme tout américain un sentiment bizarre fait de fierté et d'appréhension lorsqu'il pénétra pour la première fois dans la Maison Blanche. Sa fierté était celle due au symbole de la puissance d'un état qui domine le monde, son appréhension était d'être à la hauteur de la situation.

L'amiral Beauchamp, directeur du National Security Council l'attendait dans son bureau.

Grand, mince, la cinquantaine sportive, ce descendant d'une grande famille de Louisiane avait l'élégance sourcilleuse des Cavaliers de la grande époque du Sud.

Il se leva pour accueillir son visiteur et l'invitant à s'asseoir, effleura une commande d'un clavier posé sur son bureau.

Presque immédiatement une secrétaire entra et déposa sur une table voisine un plateau chargé d'une cafetière, d'un pot de lait chaud, d'un verre de jus de pamplemousse, de deux pancakes dorés et de son sirop d'érable favori.

C'était son petit déjeuner quotidien, dans le moindre détail. Ne semblant pas remarquer le coup d'oeil surpris et amusé que lui lançait Winmere, l'Amiral lui déclara.

- J'ai pensé, eût égard à l'heure matinale, que vous aimeriez prendre une légère collation. Le Président va nous recevoir dans une demi-heure. Avez-vous vu son intervention hier soir à la télévision ?

Winmere approuva :

- Il a été on ne peut plus net puisqu'il a parlé d'actes de guerre et de barbarie. Il n'a cependant pas désigné les coupables.

- L'auriez-vous fait ?

- Honnêtement, non. Trop de risques et pas assez de certitudes.

L'amiral marqua une pose, puis demanda :

- Votre homme, ce jeune Lucas, semble avoir obtenu quelques résultats.

- Ce qu'il a fait, compte tenu du temps imparti, est assez remarquable. Il n'a pas mal voyagé non plus. Des Virgin Islands, il est passé aux Turks et Caïman, et à Jersey. Un petit tour du monde du blanchiment de l'argent qui s'est naturellement arrêté en Suisse. C'est malheureusement là-bas qu'il s'est cassé les dents. Il semblerait que nos amies les banques helvétiques aient mis au point un nouveau système de protection de leurs comptes. Lucas prétend qu'aucun code n'est inviolable, mais ne peut malheureusement se prononcer sur le temps qui lui faudra pour le casser. Mais son séjour à Jersey a été fructueux, vous avez lu mon rapport.

- Le transfert d'argent à la Chemicale Turinese.

- Oui, c'est la première fois qu'on a pu établir de façon formelle une corrélation entre les différentes affaires. C'est un fil bien ténu, mais c'est quelque chose.

- Rien ne le rattache encore aux sectes.

- Non, mais nous savons par la France que celles-ci sont impliquées dans le syndrome M.

- Nous n'avançons qu'à tous petits pas.

- Je vous l'accorde, mais nous avançons quand même.

- C'est désespérément lent. Nous sommes persuadés maintenant que le monde court un risque nucléaire majeur endéans les deux mois, et personne ne peut dire ni où, ni comment. Beauchamp consulta sa montre et se leva. Enfin, vous pouvez considérer que vous et votre équipe avez bien mérité votre salaire de ce mois. Venez, le Président nous attend.

*

L'imagination fait d'un centre du pouvoir un endroit forcément grand et imposant. Winmere trouva le Bureau Ovale plutôt petit et convivial.

Le Président des Etats-Unis les accueillit aimablement et leur désigna un siège.

Beauchamp baisa la main de la Secrétaire d'Etat et salua d'un sourire les directeurs du F.B.I. et de la C.I.A. Edward Jemmings, le chef d'état-major général des Armées, fit un signe de tête sec. Il n'aimait pas l'Amiral Beauchamp qui le lui rendait bien et à sa façon de le toiser, Winmere comprit qu'il se demandait ce qu'un obscur fonctionnaire de son acabit faisait là parmi les plus éminents représentants de la nation, ce qui ajouta encore à son malaise.

- J'espère que vous n'avez pas failli attendre, monsieur le Président.

- Charles, nous sommes en démocratie, voyons. La Secrétaire d'Etat sourit paraissant être la seule à pouvoir apprécier l'échange.

Le Président portait sur le visage les traces d'un profond mécontentement et d'une grande fatigue. Le jeune et sémillant Gouverneur avait fait place à un homme frustré et harassé. A l'exception de l'inoxydable Ronald Reagan, tous chefs de l'Exécutif Américain portaient à la fin de leur mandat les stigmates de l'épuisante épreuve que constitue la conduite de la première puissance mondiale. Il se tourna vers Winmere et lui demanda :

- Arthur, où en sommes-nous ?

- Monsieur le Président, nous sommes les seuls à avoir eu à souffrir de la mort de nos enfants.

- Pourquoi nous ? jeta hargneusement le Général Jemmings.

Winmere se tourna vers lui, puis regarda le Président.

- Edward, lui répondit ce dernier, vous savez parfaitement pourquoi. Nous ne sommes pas ici pour discuter des décisions prises. Les Etats-Unis maintiennent au plus haut degré les notions de liberté individuelle. Je n'aurais jamais pensé que nous eussions à payer un tel prix notre attachement à celle-ci.

Puis, se tournant vers Winmere :

- Continuez.

- Nos partenaires ont sans doute réussi à éviter la tragédie qui nous frappe. Nous savons que la France au moins était également visée et que la secte du Temple du Renouveau était l'instrument de cette tentative d'empoisonnement. Ses dirigeants ont disparu, et les interrogatoires menés auprès de ses membres n'ont rien donné.

Ce qui est plus inquiétant, c'est que nous nous sommes trompés quand, en première analyse, nous avons pensé que plusieurs mouvements importants s'étaient groupés en une sorte de multinationale. Il est intéressant de noter que le Temple du Renouveau n'a ni l'importance ni les structures pour jouer un rôle prépondérant dans un complot de cette taille, ce qui ajoute une donnée imprévue à notre problème, à savoir la quantité de groupuscules à contrôler en un laps de temps extrêmement court, puisque nous fixons au 31 décembre 1999 la date butoir pour le déroulement du dernier épisode du syndrome M, qui d'après nous devrait être un accident de type nucléaire.

Tous les assistants, mal à l'aise, s'agitèrent sur leur siège. L'air grave, le Président déclara :

- Votre analyse rejoint celle des experts du National Security Council. Quelles sont les probabilités pour qu'un pareil accident se produise sur notre territoire ?

- Nous sommes incapables de le dire. Tout ce qui touche aux armes atomiques est du ressort de l'armée. Le risque est nul aux Etats-Unis, en France et en Angleterre. J'exprime des réserves sur les stocks stratégiques de l'ex URSS. Le risque d'une explosion classique impliquant des déchets radioactifs est quasi nul depuis que le transport de ceux-ci a été interdit jusqu'à nouvel ordre et que les zones de stockage sont sous contrôle de l'armée.

Les centrales nucléaires appartiennent au monde civil, donc sont plus vulnérables.

Le général Jemmings approuva silencieusement, une lueur de sympathie dans les yeux.

Le Président tourna la tête vers le directeur du F.B.I.

- William, où en êtes-vous avec les enquêtes ?

- Le résultat est quasi nul, monsieur le Président. Nous avons mis des milliers d'hommes à la recherche d'indices nous permettant d'établir un lien entre les sectes et la mort de nos enfants. Je dirais que les conséquences indirectes ont été plus fructueuses, puisque nous avons retrouvé deux tueurs en série recherchés depuis des années, une multitude de moyens et gros délinquants, et une petite secte de Californie, les Fils de la Vision Céleste, semble avoir été une succursale du cartel de Medellin. Nous y avons saisi 462 kilos de cocaïne pure, prête à être mise sur le marché. On dirait que beaucoup de ces mouvements servent de refuge à des criminels recherchés, une sorte de légion étrangère du crime. Mais nous n'avons trouvé aucune filiation avec notre problème.

Le Président se tourna vers Winmere.

- Arthur, il semblerait qu'un de vos hommes ait trouvé une piste intéressante.

- Oui, monsieur le Président. Lucas a exploré la filière des paradis fiscaux.

Le directeur du F.B.I. eut une mine dégoûtée et Winmere lui sourit :

- Nous avons établi un lien formel entre les comptes des propriétaires du Tampico, que les Russes avaient repéré le long des côtes anglaises, et dont on pense qu'il a servi à l'introduction des renards enragés, et la Chemicale Turinese, impliquée dans le rougissement de l'Arno à Florence. Son périple l'a amené en Suisse, où la piste de ces comptes s'arrête. Les renseignements seront plus difficiles à obtenir.

- C'est à dire ? questionna le Chef de l'Exécutif.

- Monsieur le Président, explosa le directeur du F.B.I., cela signifie que la collecte d'informations à l'Agence pour l'Environnement est effectuée par un repris de justice ; ce Lucas a été arrêté par nos soins il y a un an et demi pour piratage informatique.

Mi-curieux, mi-amusé, le Président demanda :

- Etait-il bon ?

- Un des meilleurs, admit-il à contre coeur.

- Ne retenons que les résultats. Puis se tournant vers Winmere : dans combien de temps en espère-t-il ?

- Nous n'avons aucune certitude en la matière, monsieur le Président. Il s'agit d'un système de protection entièrement nouveau. Cela peut prendre des semaines ou des mois.

- Nous n'avons pas de temps à perdre. Il faudra que les Suisses coopèrent. Il se tourna vers la secrétaire d'Etat. Qu'en pensez-vous ?

- Je crains une fin de non recevoir. Les banques dirigent ce pays et sont très attachées au secret qui a fait leur fortune. Nous n'avons jamais rencontré un enthousiasme particulier de leur part chaque fois que nous avons sollicité leur collaboration, jusque et y compris dans les enquêtes sur le blanchiment des narco-dollars.

Le secret bancaire suisse est lourd et sans pitié. Souvenez-vous de la tentative de récupération des biens volés aux juifs par les nazis, sans compter les dépôts effectués par beaucoup d'entre eux à cette époque. Pas mal de coffres ou de comptes dorment là-bas depuis plus de cinquante ans et un des gardiens de nuit qui avait sauvé des archives que l'Union des Banques Suisses s'apprêtait à détruire a été licencié. Sans compter, pour l'anecdote, le compte approvisionné par les ventes de Mein Kampf.

- Il est pourtant impératif d'obtenir ces renseignements.

- Je vais faire transmettre une demande officielle.

- Non, coupa le Président. Nous n'avons pas de temps à perdre en subtilités diplomatiques. Vous allez partir pour Genève, et voilà ce que vous allez leur dire...

*

La presse, remarquablement discrète et coopérante jusque là ne pouvait laisser passer la mort de centaines d'enfants sans réagir. Le Canard Enchaîné dans les encadrés de sa Une titrait : «Les sectes... acteurs... de la mort ?»

L'article, prudent mais comme toujours parfaitement documenté, évoquait l'intervention de groupuscules organisés qui auraient une relation avec les événements ayant secoué le monde ces derniers mois. Dans leur ensemble, les journaux et hebdomadaires faisaient preuve d'une grande modération, mais il était impossible de passer sous silence la gravité croissante des faits et les soupçons que les autorités nourrissaient à l'égard de la nébuleuse des sectes.

Si de plus une presse responsable se refusait à désigner des coupables sans autre forme de procès, la presse à sensation, heureuse d'une autre pâture que les héritiers monégasques et les états d'âme de Lady Di, se lança dans une violente campagne à grands renforts de titres gras et de photos de parents éplorés par la perte d'un enfant.

Des journaux à grand tirage anglais mentionnèrent la présence d'une secte dont le seul crime était d'être disséminée le long des côtes du sud est du pays. L'une d'elles fut attaquée et certains de ses adeptes défenestrés. Seule une intervention vigoureuse des forces de l'ordre empêcha le pire. Les malheureux qui voyaient dans l'élément marin l'essence suprême et qui priaient et militaient pour en empêcher la pollution furent les premières victimes de la vindicte populaire.

Thierry Ronquières d'Archambeau referma le Canard Enchaîné avec une moue dubitative.

- Ça va être le bordel, pronostiqua-t-il. Non seulement il va falloir les protéger mais en plus, on va leur fournir l'auréole du martyr.

Ce en quoi il ne se trompait pas. Devant l'hostilité croissante de l'opinion publique, les autorités se virent dans l'obligation d'assurer une protection permanente sur les sites des sectes de tout acabit. Parallèlement, les grands mouvements tels Moon et l'Eglise de Scientologie achetèrent de pleines pages de publicité dans les journaux, y clamant leur innocence et la grande élévation spirituelle de leur mouvement, ceci ne faisant qu'ajouter à la confusion ambiante.

Les discussions entre les «pour» et les «contre» tournaient rapidement à l'aigre, donnant à certaines réunions de famille un aspect un peu dreyfusard, rappelé par le Monde qui avait actualisé deux dessins célèbres de Caran d'Ache datant de cette époque.

Sur le premier, une famille unie et souriante écoutait l'hôte dire à ses commensaux : «Surtout ne parlons pas de sectes».

Le second dessin montrait une table ravagée et les participants à demi assommés. La légende disait : «Ils en ont parlé».

Ferschen, 27 septembre 1999. J -96.

Les investigations menées dans les environs de Ferschen amenèrent enfin un résultat. Les installations militaires, fussent-elles anciennes ne se squattent pas au point d'y installer un élevage de sauterelles.

Il s'était rapidement avéré que la société acquéresse des bois était, à nouveau, la filiale d'une multinationale fantôme.

Les acheteurs, hommes d'affaires espagnols avaient payé au grand comptant le prix surfait demandé par les propriétaires, lesquels étaient heureux et surpris de voir que l'on puisse s'intéresser à quelques centaines d'hectares de bois, depuis toujours réputés impropres à toute forme de sylviculture rentable.

Le motif avoué de l'achat était l'étude de variétés nouvelles de conifères à développement rapide, que l'on souhaitait traiter à l'aide d'une biomasse, importée au départ, mais que les potentialités locales suffiraient à fournir en cas de succès. Les propriétaires des environs s'étaient pris à rêver de gains plantureux et faciles. Personne ne s'était donc étonné de voir une noria de camions amener des tonnes d'herbes et de feuillages. Les acheteurs n'avaient pas menti. La réalité était évidemment bien autre : il s'agissait de nourrir les larves élevées dans les casemates. La nécessité de garder secrètes les expériences en cours, supposées être profitables à tout le monde, avait suffi à justifier la présence d'un périmètre de sécurité auprès d'autorités locales crédules et spéculant sur les bénéfices futurs.

Après l'apparition des sauterelles et la destruction des installations, les sociétés s'étaient révélées fantômes et l'origine des fonds inconnue.

Sperlitz enrageait littéralement de n'avoir rien découvert de plus jusqu'ici. Obstinément, il cherchait au cours de ses fréquents séjours en Allemagne à découvrir un fil, le plus ténu soit-il, qui puisse le faire progresser. Ce jour-là, l'inspecteur chargé de l'enquête l'accueillit avec un grand sourire.

- Herr von Sperlitz, nous avons peut-être du nouveau.

- Vous m'intéressez, inspecteur Kalten.

- Si vous le permettez, Herr Direktor, nous en parlerons plus à l'aise devant un verre.

Kalten était un jeune inspecteur consciencieux dont les tenues vestimentaires variaient suivant celles des personnages de séries télévisées. Au confort bourgeois des costumes de l'inspecteur Derrick avaient succédé la mise décontractée du maître de Rex, berger intelligent, grand amateur de hamburgers.

Sperlitz le considéra avec curiosité. Il se dit que si l'information devait passer par le weinstube local, elle devait être de valeur.

Ils se dirigèrent vers la construction de style tyrolien, et s'attablèrent parmi les dîneurs attardés qui terminaient leur déjeuner. La majorité des clients étaient des hommes parlant haut et riant fort devant des bouteilles alignées devant eux.

Kalten héla la serveuse :

- Minnie, apporte-nous une bouteille de Spätlese.

Sperlitz pensa que la découverte devait être d'importance, eût égard à la qualité du vin commandé.

- Minnie ?

- Regardez ses oreilles, souffla Kalten.

Minnie, robuste et souriante serveuse, était effectivement affublée d'oreilles dont les lobes énormes et décollés évoquaient le personnage de Disney.

Elle revenait, porteuse d'une bouteille brune au col effilé qu'elle ouvrit d'un geste rapide.

Kalten goûta le vin, clappa la langue en hochant affirmativement la tête et demanda :

- Minnie, quand tu auras deux minutes, le directeur de la police allemande à Paris voudrait te dire deux mots.

Il leva son verre en s'excusant.

- Vous savez, les titres impressionnent toujours beaucoup. Sperlitz fit un petit geste vague de la main. Se voir appeler directeur de la police allemande flattait un peu son ego.

Ils burent en silence, savourant la fraîcheur et le fruité du vin. La salle qui bruissait sourdement à leur arrivée devenait plus calme. La plupart des consommateurs demandaient leur compte.

Un quart d'heure plus tard, Minnie s'approcha de leur table, essuyant ses mains sur son tablier blanc. Son patron débarrassait les tables, leur jetant de furtifs coups d'oeil.

- Et qu'y a-t-il au service de monsieur le directeur ?

Kalten répondit :

- Minnie tu m'as parlé avant-hier d'un de ces gars qui travaillaient à la sapinière. Pourrais-tu répéter ce que tu m'as dit ?

- Ben, rien de très spécial. Ils étaient trois et prenaient un verre. Ça ne leur arrivait pas souvent. Je les ai vus peut-être trois ou quatre fois. Des taiseux qui buvaient leur bouteille, payaient et partaient. Et puis, la dernière fois qu'ils sont venus, il y avait à une table voisine quelques jeunes qui discutaient. Ils charriaient un de leurs copains qui voulait rentrer dans les ordres ou quelque chose comme ça. Un moment donné, un des trois est intervenu, je ne sais pas pourquoi. Alors, moi je me suis arrêtée parce qu'il avait l'accent de mon pays, le Bade Württemberg, et je lui ai demandé d'où il venait. Il m'a répondu que ça ne me regardait pas, mais moi, je lui ai dit qu'il venait certainement des environs de Waustein, rapport à son accent. Il a dit que je faisais erreur, mais ça, je lui ai dit, c'est impossible, parce que l'accent du coin on ne peut pas s'y tromper. Il a encore dit que je faisais erreur, et puis son copain lui a dit de la fermer, que j'avais autre chose à faire que d'écouter les conversations, ce qui n'est pas vrai parce que ce que les hommes qui boivent racontent, c'est pas intéressant, je vous jure. Même que je me suis fait la remarque que l'autre, il avait pris aussi l'accent du Bade Württemberg, mais que ce n'était pas naturel, comme s'il n'y était pas né, vous voyez, mais qu'il y avait vécu longtemps.

Puis, ils ont payé et ils ne sont plus jamais revenus. Des drôles de types, je vous dis, monsieur le directeur. Sperlitz regarda la serveuse. Elle semblait être intelligente et délurée.

- Pourriez-vous les reconnaître ?

- Celui du Bade Württemberg, le vrai, oui. C'était un grand costaud, avec des cheveux blonds qui frisent. Vous savez, monsieur le directeur, moi, les hommes, c'est comme ça que je les aime, alors lui, je l'ai bien regardé.

- C'est parfait. L'inspecteur Kalten viendra vous chercher pour enregistrer votre déposition, et vous aidera à établir un portrait robot de l'individu en question. Mais dites-moi, cet accent si particulier, est-il fort répandu ?

Minnie réfléchit.

- Non, pas tellement en fait. A vingt kilomètres de là, ils ont déjà tendance à moins traîner sur les mots. Vous savez ce que c'est dans les campagnes.

- Oui, sans doute. Hé bien, mademoiselle, je crois que vous allez nous être d'un grand secours. Inspecteur Kalten, pourriez-vous, à sa meilleure convenance, conduire mademoiselle à la Kriminal Politzei. Je souhaite que sa déposition soit prise avec le plus grand soin et que le portrait robot soit diffusé au plus tôt.

Puis se tournant vers Minnie.

- Mademoiselle, je vous remercie beaucoup.

- Oh, vous pouvez dire Minnie comme tout le monde, moi, ça ne me dérange pas.

- Merci, Minnie. Pourriez-vous nous ramener une bouteille de cet excellent vin. Et faites-moi l'honneur d'en déguster un verre en notre compagnie.

La serveuse s'éloigna rayonnante de fierté.

- Vous pensez que cela peut-être intéressant ? questionna Kalten.

- Sans doute, et à deux titres. Si l'accent du premier est aussi caractéristique, son identification pourrait être relativement facile. L'accent dénaturé du second prouve qu'il a résidé assez longtemps dans la région, et ça, c'est plus qu'intéressant.

Quarante-huit heures plus tard, Sperlitz reçut à Paris un fax de la K.P. Le dénommé Ulrich Weinsbach travaillait comme chauffeur et homme à tout faire dans la secte de la Transparence Divine à Waustein, petite ville de 12.000 habitants. Les policiers dépêchés sur les lieux n'y avaient trouvé que des gourous forts marris de la disparition d'un si dévoué serviteur.

Chapitre VI

Bruxelles, siège de l'OTAN, 28 septembre 1999. J -95.

Le général Matthew Osborne rugit. A ses côtés les représentants des pays alliés regardaient d'un air effaré leur confrère russe qui fixait obstinément le dossier ouvert devant lui.

- Vous voulez dire que vous ne savez pas avec précision où se trouve votre arsenal nucléaire ?

Boris Kolnichine protesta, mal à l'aise.

- Nous savons où se trouvent nos bombes nucléaires. La Russie est un grand pays responsable. Cependant... la face cramoisie du commandant en chef de l'OTAN se pencha légèrement vers lui, lors de la constitution des Etats Indépendants, certains dépôts ont échappé au contrôle de Moscou pendant un certain temps. Il est possible que des ogives aient été mal comptabilisées.

- C'est un monde, hurla Osborne. Vous me parlez de têtes nucléaires comme s'il s'agissait d'un inventaire de petits pois. Je rêve. Boris, je ne vous en veux pas personnellement, mais vous vous rendez compte de ce qui nous pend au nez. Vous savez quel danger nous menace. Depuis trois mois le monde vit un cauchemar dont le public commence à soupçonner l'existence. Tous ici nous sommes prêts à vous aider dans la mesure du possible, mais nous devons savoir la vérité.

Kolnichine redressa la tête. «Toute la vérité, lui avait ordonné le Président».

- Nous avons perdu la trace de huit ogives d'une puissance de 100 kilotonnes chacune, murmura-t-il.

Des chuchotements angoissés parcoururent l'assistance.

- Ou ? Quand ? Comment ? Osborne, les yeux écarquillés jetait ses questions brèves, incisives.

- Cela s'est passé il y a deux ans. C'étaient des bombes air sol, donc inutilisables en principe, sans vecteur aérien. Nos techniciens supposent qu'un personnel qualifié peut les transformer en vue de leur utilisation terrestre.

Il ajouta :

- Les responsables ont été passés par les armes. Quant à leur destination, nous soupçonnons l'Irak. Osborne ferma les yeux. Si Saddam Hussein disposait d'un arsenal nucléaire, le prochain «Tempête du Désert» risquait de n'être plus une promenade de santé.

- Avez-vous quelques précisions en dehors des démarches effectuées par le Mossad ?

Kolnichine ne cilla pas. Israël avait évidemment prévenu ses puissants alliés américains de leurs inquiétudes.

- Non, vraiment pas.

La note de Jérusalem était arrivée au Département d'Etat et exprimait la crainte de l'achat par l'Irak de matériel nucléaire en provenance de l'ex URSS. La C.I.A. et tous les S.R. occidentaux avaient mis sur la piste des centaines d'agents et d'analystes. Les Russes avaient bien sûr nié avec énergie, bien qu'il fût patent que tout s'achetait dans le pays. A contrario, la forme aiguë de paranoïa qui entourait tout ce qui touchait à l'Irak, avait fait que le dossier, bien qu'ouvert, ne bénéficiait pas d'une priorité particulière.

- Il faudra d'urgence nous atteler au problème, déclara Osborne. Boris, êtes-vous sûr que ces huit ogives sont les seules manquantes dans votre arsenal ?

- Absolument.

- C'est paradoxalement rassurant. Je préfère savoir ce genre d'engins en possession d'un Etat qui connaît les règles de la dissuasion qu'entre les mains d'un civil malade et non identifié. Si Saddam veut jouer avec ses acquisitions, il sera effacé de la carte du monde.

*

L'amiral Ronquières d'Archambeau écrivit vingt ans plus tard dans ses mémoires le caractère complètement surréaliste de la réunion à laquelle il assista au sein de la délégation française, porteur, pour la circonstance, des galons de capitaine de vaisseau, grade auquel on l'avait élevé depuis peu. Au milieu, raconta-t-il, d'une assemblée de civils et de militaires parmi les plus éminents de leurs pays respectifs, la perte d'engins de mort aussi terrifiants et évoqués de façon si banale avait quelque chose d'ubuesque. Le commun des mortels, habitués à l'idée qu'une balle de fusil égarée lors d'une manoeuvre coûtait à son auteur une punition sévère n'aurait pu imaginer un maréchal russe avouant ne savoir où se trouvaient huit ogives nucléaires.

Si les administrés savaient d'ailleurs ce qu'il peut y avoir comme imprécision, laxisme et incompétence dans beaucoup d'Etats-majors, ils exigeaient avec raison que l'arc soit déclaré hors-la-loi, ne tolérant comme arme que les bons vieux gourdins de nos ancêtres des cavernes.

Il est également paradoxal que la réponse définitive à cette angoissante question fut fournie par l'ennemi public n°2, le colonel Kadhafi, lequel déclara à un diplomate italien, en visite à Tripoli, que les navires de la sixième flotte U.S. qui croisaient en Méditerranée au large des côtes libyennes étaient plus en sécurité que leurs homologues du Golfe Persique, compte tenu des récentes acquisitions de son grand ami Saddam.

La récupération de ces armes, opération conjointe des Spetnatz russes et du Mossad fut un chef-d'oeuvre de précision et d'efficacité.

Moscou, 30 septembre 1999. J -93.

Viktor Evguenitch Vlassov était devenu un habitué des lignes Paris Moscou. Son temps de disgrâce était désormais révolu et il avait récupéré avec une satisfaction non dissimulée son bureau au 3e étage dans l'immeuble de la place Loublianskaïa, ex Djerninsky, d'où il pouvait coordonner les efforts d'un service entier mis à sa disposition.

La sympathie née entre deux caractères aussi dissemblables que celui d'Arthur Winmere et le sien avait été concrétisée par une visite des deux hommes au Hoover Building à Washington. Les dirigeants américains du FBI avaient reconnu en lui un grand professionnel. De plus, leur souci d'endiguer une nouvelle forme de mafia en provenance des pays de l'est était tel, qu'il avait pu profiter à loisir de leur longue expérience contre le crime organisé.

De retour à Moscou, il avait pu conseiller les dirigeants russes sur les structures à mettre en place, les nouveautés technologiques et surtout les techniques d'infiltration du milieu.

Les résultats avaient été suffisamment significatifs pour que l'on considère désormais son erreur de jugement comme un banal accident de parcours.

L'intérêt du nouveau Président russe n'était pas d'écarter de remarquables serviteurs de l'Etat par mesquine vengeance.

N'étant pas dénué d'humour, Vlassov avait ramené à Moscou une petite Clio, tant la publicité faite par le constructeur français dans une séquence moscovite l'avait amusé. Il roulait désormais dans la capitale au volant de sa voiture, escorté par deux énormes Zil. Son arrivée au Conseil National de Sécurité ne passait jamais inaperçue.

Boris Alexeïev l'accueillit, le visage sombre.

- Viktor Evguenitch, nous avons un problème.

- Un seul ?

- Un très sérieux problème.

- Je vous écoute, monsieur le Directeur.

- L'agent responsable du massacre de Sarajevo a été identifié. C'est l'un des produits les plus secrets et les plus meurtriers de notre arsenal chimique.

- Sans vouloir vous offenser, cela fait quelques temps que nous nous en doutons.

- Nous ?

- Nous en avons parlé à l'Agence. La probabilité pour qu'une saloperie de ce genre sorte d'un arsenal russe était grande. Quelque chose comme 90%. Vous ne faites que confirmer ce que nous pressentions.

- Quelles ont été les réactions de vos collègues ?

- Leurs inquiétudes portaient sur la quantité de produit disparue et sur les risques de propagation.

- Une seule unité de conditionnement est manquante. Son extrême toxicité en rend la protection volumineuse. Il n'y aura pas de second Sarajevo.

- Un seul était de trop. Beaucoup trop. Ce qui s'est passé là-bas est atroce, et...

Boris Alexeïev le coupa.

- Vos collègues, qu'ont-ils dit d'autre ?

- Ils m'ont fait remarquer que si nous étions incapables de contrôler notre stock N.B.C. il était peut-être temps de nous en débarrasser.

- C'est en cours.

- Je le sais. L'argent...

- Oui. Détruire ces produits coûte plus cher que de les fabriquer. Nous en sommes réduits à mendier l'argent nécessaire à la destruction d'armes dont l'élaboration et la construction ont ruiné notre économie. Quelle dérision !

- J'imagine que toutes les chancelleries s'agitent en ce moment et que les rapports que vous recevez de celles-ci vous apportent plus de précisions que celles que je vous fournis.

Boris Alexeïev acquiesça.

- Vos impressions sont bonnes, c'est à peu près comme cela que ça se passe, sinon que l'agitation des ambassades est un doux euphémisme. C'est la panique la plus complète partout. Le Président m'a demandé si nous devions rendre publique la disparition du produit et admettre notre responsabilité.

- Au niveau des chefs d'état et de gouvernements, oui, bien sûr.

- C'est ce que je lui ai répondu. Il est évident qu'ils devaient se douter que c'était de notre côté que les risques majeurs existaient.

Les deux hommes gardèrent le silence quelques instants, puis Alexeïev reprit :

- Voyez-vous, Viktor Evguenitch, quelque chose m'inquiète dans la façon dont nous avons traité cette affaire. Nous avons commis une erreur fondamentale. Laquelle ?

Vlassov inspira profondément.

- Monsieur le Directeur, quand on sait que le salaire d'un colonel ou d'un commissaire de police est de...

Alexeïev l'interrompit en agitant les mains.

- Je ne parle pas de la corruption et des bouleversements engendrés par l'effondrement du communisme. La corruption existait déjà, mais nos concitoyens avaient la conscience et la fierté d'appartenir à une grande nation.

- Des regrets, ...camarade ?

- Certainement, oui. Le communisme n'avait pas que des défauts. Il est mort écrasé par une bureaucratie incapable et achevé par une nomenklatura qui avait oublié les principes d'égalité et de justice. Gorbatchev est peut-être l'homme politique le moins aimé de Russie, mais l'histoire lui rendra le mérite d'avoir eu le courage extraordinaire de déposer le bilan d'un système, alors que la seule alternative qu'il avait était d'employer les armes pour aller chercher ailleurs ce que nous n'avions pas. Il secoua la tête. Non, je parlais du syndrome M. Cette affaire me trouble au plus haut point. Cela continue à ressembler à un gâchis mené par de macabres plaisantins.

- Non. Tout obéit à une logique parfaite. Voyez-vous, je distingue trois phases distinctes dans le processus. La première est celle que j'appellerais la mise en place du scénario. Souvenez-vous. L'orage de grêle de Genève a servi de détonateur. C'était le 9 juillet. Il n'a bien sûr pas été provoqué : chaque année, des orages violents apparaissent. On en montre des images à la télévision. Observez cependant la suite. Le 12, l'eau changée en sang, le rougissement de l'Arno. Le 14 juillet, les grenouilles et le 19 les grillons.

Ça, c'était le stade préparatoire, au terme duquel beaucoup de gens étaient supposés faire le rapprochement entre la similitude des phénomènes et les plaies d'Egypte. A l'Agence, ce fut Macheron, au Bild c'était Müller. Ils n'étaient certainement pas les seuls.

A ce stade, je me fais deux réflexions. La première est le caractère bénin de ces manifestations. La seconde concerne le degré de préparation que suppose leur mise en place. Les grenouilles et les sauterelles sortaient d'authentiques élevages. Ce genre de choses ne s'improvise pas. Tout procède d'un plan d'ensemble parfaitement structuré et préparé longtemps à l'avance.

- Cependant, avança Alexeïev, les moucherons, les insectes ?

- La logique, monsieur le Directeur, la logique. Quelqu'un devait nécessairement découvrir la similitude entre le récit biblique et les phénomènes. La presse a joué un rôle de relais, et la psychose collective a fait le reste. Il était bien sûr impossible de reconstituer les insectes de la Bible. Une succession rapide d'événements, la découverte de la relation avec les plaies d'Egypte, et on a vu des insectes partout.

Boris Alexeïev approuva :

- Jusqu'ici je vous suis.

- Nous avons alors conclu que ces phénomènes obéissaient à une forme de logique et nous avons supposé que leurs instigateurs pourraient être des sectes, leurs bénéficiaires naturels. Le caractère anecdotique des manifestations a fait que les recherches qui ont été entreprises ne l'ont pas été avec l'urgence et l'importance nécessaires.

- Il est exact qu'à l'époque, nous ne vous avons pas pris très au sérieux. Nous avons perdu un temps précieux.

- Vous savez, même à l'Agence, nous n'étions pas convaincus de l'existence d'un plan d'ensemble qui couvrirait toutes les plaies d'Egypte. Nous avons admis que si les choses en restaient là, nous aurions assisté à une très remarquable opération de marketing sans plus. Tout le monde s'est trompé quelque part.

- Ajoutons à cela que s'attaquer aux sectes dans certains pays est une décision difficile. Certaines sont parfois de véritables institutions.

- Vrai, approuva Vlassov. Voyez les Allemands et les ennuis qu'ils ont eus quand ils se sont attaqués à l'Eglise de Scientologie. Ces gens disposent de moyens financiers impressionnants. De plus, s'attaquer aux sectes, c'est toucher à la liberté religieuse, aux droits de l'homme, et j'en passe. La seconde phase, a commencé en Angleterre avec l'apparition de la rage, puis la recrudescence de la vache folle pour finir à Sarajevo et à la mort des enfants en Amérique. Nous avons quitté le fait divers pour entrer dans le drame.

- Ce qui suppose, continua Alexeïev, non plus un banal exercice de recrutement mais un objectif à long terme que nous n'avons pas encore défini avec précision, mais que nous soupçonnons.

- Une tentative de déstabilisation, c'est à cela que vous pensez ?

- Tout naturellement suivie par un coup d'état, approuva Alexeïev. Les opinions publiques, la nôtre en particulier, sont traumatisées par l'accumulation des faits. Elles sont psychologiquement prêtes.

- Ce qui m'effraye, c'est le peu de temps dont nous disposons pour combattre un adversaire dont nous ignorons l'identité réelle.

- Vous pensez, grogna Alexeïev, que l'hypothèse nucléaire va se vérifier avant la fin du siècle ?

- J'en suis sûr.

Le directeur du Conseil National de Sécurité hocha la tête. Il partageait pleinement l'avis de son subordonné. Cette lutte contre la montre était l'aspect le plus frustrant du combat mené contre un ennemi qui avançait ses pions avec une tranquille indifférence.

- Monsieur le directeur, il nous faut envisager la dernière phase et ses cibles possibles.

- Vous pensez que ce sera chez nous, n'est-ce pas ?

Le ton de la voix démentait l'interrogation.

- Nous y avons beaucoup réfléchi à l'Agence. Mettons que les probabilités penchent en notre défaveur. Bien sûr, un coup d'état peut se produire n'importe où, la France a bien eu ses généraux du temps de l'O.A.S, mais compte tenu des conditions particulières et des circonstances, nous apparaissons malheureusement comme le choix le plus vraisemblable.

- Je suis, hélas, obligé d'être d'accord avec vous. Donc, si les sectes sont liées à cet imbroglio, nous retrouvons évidemment notre ami Onovarenko.

- Sans doute.

- Nous nous en occupons d'ailleurs depuis quelque temps. Voici la liste que m'a remise le ministre de la Défense Nationale. Elle concerne les noms des officiers supérieurs suspectés de sympathie à son égard.

Vlassov l'étudia et sifflota.

- Un véritable gotha, déclara-t-il en rendant la liste à son interlocuteur. Les trois-quarts des états-majors de l'ex Armée Rouge y figurent. Finalement, c'est assez logique.

- Pourquoi ?

- L'origine des fonds considérables dont semblent disposer les meneurs de jeu. A qui des militaires s'adressent-ils lorsqu'ils ont besoin d'argent ?

- J'ai pensé à cela. La bonne vieille histoire du complexe militaro-industriel, non ?

- C'est peut-être un vieux cliché mais, contrairement à ce que l'on dit, l'Histoire repasse toujours les plats. Le retour au statu quo ante signifie le retour à l'empire. Plus d'armes de part et d'autre pour appuyer les revendications territoriales sur les pays ayant quitté le giron de la Mère Patrie. Chez nous, les policiers, Kendo, Sperlitz et Tourneau disent toujours : «cherchez à qui profite le crime» ... C'est simple n'est-ce pas ?

- Simple et effrayant approuva Alexeïev. Que comptez-vous faire ? Il faudrait infiltrer l'Eglise du Peuple.

- J'ai déjà deux personnes dans la place, dont une dans l'entourage immédiat d'Onovarenko.

- Qui donc ?

- Oleg Kourtchakov et Tatiana Semolovna.

- Tatiana Semolovna ! sursauta Alexeïev. Dieu protège Onovarenko et les siens !

Zurich, jeudi 7 octobre 1999. J -86.

La pièce était fonctionnelle, froide et solennelle ainsi qu'il convient au bureau du Président de la Confédération Helvétique. Celui-ci s'était montré surpris devant la requête d'un entretien en tête-à-tête formulé par la Secrétaire d'Etat américaine.

- Croyez que j'apprécie, Madame, le fait que votre Président ait choisi une personne de votre qualité pour effectuer cette démarche, bien que je n'en distingue pas exactement le sens. Vous savez toute l'attention que nous apportons à aider les autorités de toute nation qui suspecte un de ses nationaux de placer chez nous de l'argent disons... douteux. Il eut suffi d'entreprendre la procédure d'usage par une voie moins éminente que la vôtre pour que notre pleine et entière collaboration vous soit acquise.

- Monsieur le Président, croyez que les Etats-Unis apprécient à leur juste valeur les efforts que la Confédération Helvétique déploie en toutes circonstances pour aider nos autorités judiciaires dans leur lutte contre les trafiquants.

Son interlocuteur la remercia d'un signe de tête.

- Peut-être, continua-t-elle, pourrais-je regretter parfois une certaine lenteur dans les devoirs prescrits. Elle leva la main pour prévenir l'objection. Mais, ajouta-t-elle en souriant, il est évident que le sérieux de vos institutions bancaires ne saurait souffrir d'une quelconque précipitation.

- Je vous sais gré de votre compréhension.

- Cependant, le cas qui nous préoccupe est d'une autre nature et nous aurions besoin de votre appui amical afin d'accélérer la requête dont je suis porteuse et qui arrive en droite ligne de la Maison Blanche. Vous connaissez le syndrome M et la façon dont il a frappé nos enfants.

- Je le sais et j'ai envoyé à votre Président un message de condoléances après cette tragédie.

- Il en a beaucoup apprécié la teneur et m'a chargée de vous en remercier. Comprenez-nous, nous avons d'excellentes raisons de croire que des sectes sont à la base de cette cascade de malheurs et nous craignons que ce qui se prépare ne soit pire encore.

- Je ne vois pas en quoi notre pays puisse être impliqué dans ceux-ci.

La Secrétaire d'Etat sourit nerveusement. Cela allait être dur. Elle pratiquait admirablement bien le langage diplomatique, mais celui-ci n'était pas dans sa nature. Le Chef de l'Exécutif lui avait recommandé «Doucement au début, s'il s'obstine, foncez.»

- Monsieur le Président, nous avons suivi la trace de mouvements bancaires dans ce que l'on a coutume d'appeler des paradis fiscaux. Les pistes que nous avons suivies s'arrêtent dans les banques de votre pays. Nous souhaiterions vivement que les comptes des sectes ouverts auprès d'institutions bancaires de la Confédération Helvétique soient accessibles à nos enquêteurs.

- Madame la Secrétaire d'Etat, je crains que pareille requête, même émanant de votre Président, ne soit fort difficile à satisfaire. Ces mouvements n'ont, jusqu'à plus ample informé, officiellement rien commis de répréhensible et il me sera dès lors fort difficile de persuader nos banques de laisser à des enquêteurs le loisir de fouiller leurs comptes. Si bien sûr une inculpation officielle venait appuyer cette demande, il nous serait alors loisible de la considérer avec toute l'attention qu'elle mérite.

Calme au début, elle commençait à détester ce sourire de gros chat repu.

- Je crains, monsieur le Président, que nous ne soyons pressés par le temps. Vous n'ignorez pas que nous sommes arrivés en phase terminale de la reproduction des plaies d'Egypte. Nos analystes les plus sérieux estiment que celle relatant les ténèbres recouvrant le monde aura la forme d'un nuage nucléaire, et qu'elle interviendra avant la fin de cette année.

- Je ne nie pas la gravité des faits qui se sont produits, mais ne craignez-vous pas madame, d'exagérer la menace ?

- En prendriez-vous le pari ?

- Non. Mais, bien que ne voulant pas mettre en doute la compétence de vos analystes qui sont arrivés à pareille conclusion, il n'en demeure pas moins vrai que votre démarche, si justifiée soit-elle, repose sur deux postulats que rien ne peut étayer. Le premier est un danger nucléaire, ce qui vous l'avouerez ressemble fort à un scénario déjà vu de film ou de roman. Le second, implique la participation de mouvements philosophiques pour la plupart parfaitement honorables que nous ne pouvons sans preuves tangibles accuser de quoi que ce soit. Vous comprendrez dès lors que dans ces circonstances, il m'est particulièrement difficile d'exercer une pression quelconque sur les banques de ce pays qui s'honorent de leur devoir de discrétion.

«S'il ne veut pas comprendre, foncez»

- Monsieur le Président, lâcha nerveusement la Secrétaire d'Etat, nous venons de passer une demi-heure à nous débiter des fadaises diplomatiques, et votre temps est, j'imagine, aussi précieux que le mien. Le fait que nous soyons seuls, j'avais insisté sur ce point inhabituel je vous l'accorde, me permet de vous dévoiler le fond de ma pensée. Vous pardonnerez ma brutalité, mais je n'aime pas un système bancaire qui fait de votre pays le complice objectif et actif de tout ce qu'il y a de criminel sur cette terre.

- Madame...

- Trafiquants d'arme, continua-t-elle, de drogue, criminels de guerre, tous ont concouru à la prospérité éclatante et placide de votre pays. Vos villes propres et vos campagnes aseptisées le sont grâce à l'argent sale, et le niveau de vie de ses habitants doit beaucoup à l'or nazi et aux narco-dollars. La Suisse lave plus blanc a écrit un de vos parlementaires. Pendant que sur les champs de bataille de la dernière guerre, des millions de jeunes gens courageux se faisaient massacrer pour le droit et la liberté, un compte suisse accumulait les droits d'auteur de Mein Kampf, et d'autres abritaient les avoirs des hauts dignitaires du système politique le plus révoltant que la terre ait jamais porté.

L'homme en face d'elle, blême, tentait de protester. N'en ayant cure, elle continuait.

- La drogue provoque chaque année la mort de milliers de nos concitoyens. Nous menons un combat inégal contre le crime parce que les criminels trouvent des endroits comme vos banques pour y entasser le fruit de leurs méfaits.

Ce n'est plus un combat que nous menons contre le crime organisé. C'est une guerre. Et les dernières victimes de celle-ci étaient des nouveau-nés. Nous supportons difficilement la mort de nos soldats, mais ils combattent pour un idéal de paix et de justice. Nous ne supporterons jamais que l'on s'en prenne à nos enfants.

Elle avait presque crié ces derniers mots. Se reprenant, elle déclara sur un ton monocorde.

- Nous nous considérons dès à présent comme en guerre, et traiterons ceux qui la mènent comme des criminels de guerre, avec tout ce que cela comporte, ainsi que leurs complices actifs ou passifs.

Voici maintenant ce que m'a chargé de vous transmettre notre Président. Si une explosion nucléaire devait provoquer des pertes en vies humaines aux U.S.A. ou chez un de nos alliés, et s'il s'avérait que par souci mercantile vous ayez permis de couvrir les agissements des responsables, en ne nous fournissant pas les éléments susceptibles de les mettre hors d'état de nuire, un ensemble de mesures seraient prises à l'encontre de votre pays et ce en plein accord avec nos alliés, à savoir :

- Rupture des relations diplomatiques ;
- Blocage des frontières ;
- Interdiction de survol de leurs territoires ;
- Arrêt des fournitures énergétiques.

Voyant l'air stupéfait de son vis-à-vis, elle ajouta en souriant :

- Pour commencer.

- Mais, bredouilla-t-il, c'est une déclaration de guerre.

- Je vous l'avais dit, répondit-elle en souriant, nous nous considérons comme étant en guerre. Monsieur le Président, continua-t-elle sur un ton plus diplomatique, je vous ai transmis un message verbal de Washington. Nous sommes seuls et vous serez le seul à connaître l'étendue de notre détermination. Je suis persuadée que vous réfléchirez au bien fondé de notre demande et que je pourrai retourner à la Maison Blanche porteuse de votre accord qui permettra, comme par le passé, à nos deux pays de continuer d'entretenir des relations de respect mutuel et de sympathie.

Elle se fout de moi, pensa le Président suisse. Puis il demanda d'une voix lasse :

- Quand devez-vous avoir votre réponse ?

- Mon avion quitte Genève demain après-midi. Cela vous laisse 24 heures de réflexion. Et, ajouta-t-elle en se levant, je ne veux pas de réponse diplomatique. Un seul mot suffira. Oui, ou non.

*

Paris, lundi 18 octobre 1999. J -75.

Le septième étage de l'Agence pour l'Environnement n'était plus le club sélect de ses débuts. A l'atmosphère feutrée, polie et vaguement méfiante qui caractérisait les rapports entre ses occupants, avaient succédé la nervosité, les allées et venues incessantes et un brouhaha digne d'un commissariat de quartier New Yorkais.

Ce nouvel état de fait avait même engendré un laisser aller vestimentaire que Ronquières d'Archambeau considérait avec une compréhension navrée. Macheron paraissait par contre enchanté de son nouvel environnement et avait immédiatement sympathisé avec son jeune collègue Fromont, détaché auprès de l'Agence en compagnie de Venturi et quelques autres. Ce dernier n'avait quitté Florence que sur l'insistance de son ami Matteoli et se consolait en passant au Louvre les rares temps libres que lui laissait sa nouvelle affectation. Il y était tombé amoureux de la Belle Ferronnière.

Lucas avait déménagé au sixième étage, débarrassé de ses occupants entassés depuis dans les niveaux inférieurs, et régnait sur un ensemble d'ordinateurs à grande capacité. Il était revenu à Paris après trois jours passés à Genève et à Zurich. Les banquiers suisses avaient, contraints et forcés, accepté de soulever un coin du manteau de Noé qui recouvrait leurs activités, mais les renseignements donnés au compte-gouttes et du bout des lèvres n'étaient de toute évidence que la partie visible d'un titanesque iceberg.

«Rodji» Lucas était revenu rapidement à Paris porteur d'un trésor, le nouveau principe de défense des ordinateurs helvétiques, qu'il avait réussi à arracher à un informaticien genevois après une soirée très arrosée, au cours de laquelle il avait pu constater l'effet positif de la substance psychotrope que lui avait remise Vlassov avant son départ. Ce dernier ne l'avait pas prévenu des effets dévastateurs de la drogue, et le malheureux banquier errait maintenant dans les couloirs d'un hôpital psychiatrique en prétendant qu'il était Super Mario.

Avec les machines était apparue une faune bigarrée de craqueurs, tous âgés de moins de trente ans dont l'élément le plus excentrique était Tania, une jeune fille de dix-neuf printemps, toujours vêtue façon baba-cool, au vocabulaire de corps de garde, et dont le charme acide avait fait fondre Lucas qui se sentait devenir amoureux.

Il avait, du reste, fort à faire pour tenter de maintenir un semblant d'ordre dans sa troupe de pirates et à les obliger à se concentrer sur l'objectif fixé, tant étaient grandes les tentations d'installer une pagaille jubilatoire dans les secrets que l'on extirpait peu à peu des coffres de la Confédération Helvétique.

Douglas Andrew était invinciblement attiré par ce sixième étage. Eton et Cambridge l'avaient empêché de participer aux délices de Carnaby Street et du swinging London de la fin des années soixante. Ses visites étaient devenues fréquentes dans cet univers bizarre qui constituait à ses yeux l'antithèse de l'establishment dans lequel il avait toujours vécu. Homme de terrain et de méthode, il avait demandé que l'on encode les résultats de toutes les enquêtes menées auprès des sectes françaises et allemandes, et de la mystérieuse Chemicale Turinese, qui apparaissait être le seul lien avec ce que l'on supposait être la partie italienne du mouvement. On recherchait tous les points de convergence possibles. L'ordinateur sortit immédiatement une date. 1996. On affina l'analyse et il apparut que toutes trois étaient nées trois ans auparavant, dans un délai de quatre semaines. Andrew nota que la simple comparaison manuelle des fiches aurait permis à n'importe quel policier moyennement doué d'opérer le rapprochement, mais qu'en cette période du triomphe de l'électronique, les évidences n'apparaissaient comme telles que sur un écran d'ordinateur. On mit alors sur disquettes toutes les dates connues de fondation de sectes partout dans le monde, six mois avant et après la naissance des mouvements français et allemands. Il en sortit une liste de 428 noms. Beaucoup avaient disparu. Le résultat positif fut l'identification d'une secte du Maine, voisine d'une quarantaine de kilomètres du siège de la Young Food & co, dont le lait en poudre avait causé la mort des bébés américains. Le FBI y fit une descente qui aboutit à l'inculpation et deux ans plus tard à l'exécution de six de ses dirigeants.

Partout ailleurs, les polices mirent en place un important dispositif de surveillance, principalement autour des sectes situées dans un rayon de soixante kilomètres autour des centrales nucléaires et des zones de stockage de déchets radioactifs.

Chapitre VII

Saint-Petersbourg, jeudi 2 décembre 1999. J -30.

Le vide absolu de la Perspective Nevsky contrastait violemment avec le grouillement des rues qui convergeaient vers la place des Palais, elle-même déserte.

Onovarenko devait partir du Laure Alexandre Nevsky. Le choix de ce lieu n'était pas anodin. Si l'Eglise officielle russe avait pris ses distances d'avec un de ses anciens séminaristes jugé maintenant dangereux, de nombreux popes étaient de plus en plus sensibles à son discours.

Il n'avait pas obtenu l'autorisation de pouvoir partir de l'intérieur de cet édifice fameux, qui avait reçu en 1797 le titre de Laure, réservé aux quatre autres principaux monastères orthodoxes.

Il avait donc choisi de commencer son itinéraire par les deux cimetières qui s'étendaient de part et d'autre de l'allée menant à l'entrée principale de l'édifice, après s'être recueilli sur les tombes des hommes politiques, compositeurs et autres Russes fameux qui y reposaient.

Suivi à quelques dizaines de mètres par ses principaux fidèles, porteurs comme lui de Saintes Icônes, il entama le parcours qui, à partir de la place Alexandre Nevsky, devait le mener sur la place des Palais, après une marche de plus de cinq kilomètres effectuée sur une des plus belles avenues du monde. Il devait y prononcer un important discours.

- Il est très fort, commenta Vlassov à l'intention de ses collègues de l'Agence.

Boris Alexeïev acquiesça. Il était flanqué de ses adjoints du Conseil National de Sécurité et de hauts dignitaires de la police et du renseignement russes.

On avait ouvert pour eux les salles d'angle du premier étage du Palais d'Hiver ; le musée de l'Ermitage avait été fermé ce jour-là.

Matteoli, en traversant au pas de charge les salles désertes avait cru devenir fou devant les profusions de trésors du fabuleux musée. Il s'était promis d'y revenir avec Venturi.

- Le vingt-deux janvier 1905, continua Vlassov, des religieux, conduits par le pope Gapone qui portait des icônes saintes, et suivis par les petites gens des faubourgs marchèrent vers le Palais d'Hiver. Les cosaques ouvrirent le feu, tuant des centaines de personnes. Lénine déclara plus tard que ce dimanche rouge était la répétition générale de la Révolution.

Cette marche constitue une sorte de défi aux yeux du peuple, bien qu'Onovarenko sache parfaitement qu'il n'a rien à craindre. Les gouvernements ont appris depuis que réprimer une manifestation par la force ne sert qu'à créer des martyrs dont le sang alimente les révolutions.

Andrew, désignant les groupes de militaires qui se pressaient devant l'Amirauté demanda :

- Il semble qu'il a beaucoup de sympathisants parmi l'armée.

- Hélas, oui, répondit Vlassov. Ils sont groupés sur la place des Décembristes. Un autre symbole.

- La tentative de coup d'état des officiers libéraux le 16 décembre 1805, murmura d'Archambeau.

- Vous me semblez particulièrement bien au fait de notre histoire, le complimenta Alexeïev.

- C'est un peu par hasard. La fille d'un mien aïeul avait épousé un des nobles qui participa à la révolution. Un Obolensky, je crois. Trois mille soldats, marins et insurgés combattirent. La révolte échoua, on compta les morts et ma parente suivit son mari en Sibérie.

- Autre symbole, commenta Vlassov. Les militaires aux côtés des dissidents.

Derrière les vitres du Palais d'Hiver, retentissaient les chants grégoriens diffusés par des haut-parleurs disséminés sur le parcours du cortège.

- Je n'aurais jamais cru, déclara Arthur Winmere, qu'un vulgaire séminariste soit capable de rassembler tant de monde.

Il désignait les écrans de télévision qui montraient de larges vues panoramiques des allées noires de monde.

- Séminariste, je vous l'accorde, répliqua Vlassov, vulgaire, ne le croyez pas. Nous avons je crois affaire à une intelligence exceptionnelle qui s'adresse à une population qui a été sevrée de sacré pendant plus de 70 ans.

L'Eglise officielle russe, comme les autres, n'a pas pu répondre aux aspirations du peuple. Regardez Aoum par exemple : en quelques années, la secte a réussi à grouper 30.000 sympathisants chez nous. Si vous considérez que le gourou d'Aoum était japonais, une race pas particulièrement en odeur de sainteté chez nous, vous jugez de la performance. Il fit une petite mimique d'excuse en direction de Kendo. Ce dernier sourit.

- Regardez-moi ça, lança Tourneau.

Les écrans montraient Onovarenko, seul, porteur d'une icône, qui avançait à pas lents au milieu de la Perspective Nevsky. Ce jour de décembre était d'une rare perfection. La clarté de midi illuminait les constructions majestueuses qui bordaient l'avenue et le spectacle de la Neva prise par les glaces dans la luminosité d'un jour sans nuages était magique.

Onovarenko était vêtu d'une robe de bure brune. Un chapelet de buis terminé par une grande croix entourait ses épaules. Les cheveux noirs, longs, ramenés en arrière, se prolongeaient sur le visage par une abondante barbe en broussaille. La fixité du regard était soulignée par d'épais sourcils. L'homme respirait l'assurance et la foi mystique.

- Il est tout, sauf vulgaire, murmura Kendo.

- Tel qu'il est là, remarqua Tourneau, il me fait penser à la photo de Raspoutine que j'ai vue il y a quelques mois.

- Exact, approuva Vlassov. A nouveau, ce n'est pas un effet du hasard. Dans l'imagination populaire, Raspoutine est assimilé à la chute des Tsars. J'ai une photo d'Onovarenko. Regardez, elle a été prise il y a quelques années. Les autres se passèrent le document de mains en mains. On y voyait un homme assez quelconque, vêtu d'un costume sombre de mauvaise coupe. Seul le regard démentait la banalité du personnage. C'étaient les yeux d'un illuminé.

Sperlitz frissonna. Il se rappelait la conversation tenue quelques mois plus tôt avec son chef. Hitler avait été un banal raté autrichien appelé Sckichelgruber avant de mettre le monde à feu et à sang.

Un groupe de dignitaires en robes blanches suivait Onovarenko à une cinquantaine de mètres, puis sortant par groupes compacts des rues avoisinantes marchait tout un peuple silencieux. Aucune banderole, aucun drapeau, aucun cri. Ce calme absolu était impressionnant.

Arrivé près du pont Anitchkov qui enjambe la Fontanka, Onovarenko s'arrêta une première fois. Il se tourna lentement vers la façade du palais Belosselski-Belozerski et d'un geste ample, bénit l'édifice. Un murmure assourdi de la foule salua son geste : l'immeuble avait été le siège du parti communiste pendant les années soviétiques.

- L'enfant de salaud, sacra Boris Alexeïev.

Onovarenko avait repris son chemin. Il longea le palais Anitchkov devenu palais des Pionniers, n'accorda pas un regard aux monuments qui bordaient la Perspective Nevsky et ne s'arrêta plus avant les 96 colonnes qui bordaient la place de Kazan. Là, il se tourna encore et bénit la cathédrale Notre-Dame de Kazan.

- Il est décidément très fort, confirma Vlassov. Cette église, ajouta-t-il à l'intention de ses collègues, a abrité en son temps le musée de l'histoire de la religion et de l'athéisme.

- Tout ne semble être que symboles dans sa démarche, approuva Andrew.

La foule des militaires, apparemment dispensés de l'attente aux barrages disposés dans les rues menant à la place des Palais, grossissait sans cesse le long du bâtiment de l'Amirauté. Le Français soupira.

- Un autre symbole : l'alliance du sabre et du goupillon.

Il nota les traits tendus de Boris Alexeïev. Vlassov leur avait parlé de la liste des sympathisants au sein de l'ex Armée Rouge. Il frissonna. Peu de gens ont le privilège de voir l'Histoire se faire en direct sous leurs yeux.

Onovarenko continuait sa lente procession, suivi par une foule toujours plus considérable et toujours silencieuse. Sur leur droite, ils voyaient une masse humaine sur le pont enjambant la Neva vers l'île Vassilïevski qui s'étendait jusqu'aux colonnes rostrales, flanquées de statues qui symbolisaient les quatre grands fleuves russes.

Symboles. Cette ville elle-même en était un. C'était ici que la Wehrmacht avait connu sa plus grande défaite. Son siège allait durer des mois et 656.000 morts allaient être le prix d'une résistance acharnée. Tout avait été dit sur les horreurs d'une bataille où le moindre mètre carré avait reçu son tribut de sang.

La ville reconstruite était un gigantesque monument aux morts.

- Je ne comprends pas, murmura Kendo, comment cet homme a pu mobiliser autant de monde.

- La lassitude, l'incompréhension, le ras-le-bol, répondit d'Archambeau. Il y a trois ans, l'assassinat de fillettes par un pédophile a mobilisé 300.000 personnes dans les rues de Bruxelles. A l'échelle française, cela signifie près de deux millions de manifestants. Ceux-ci exprimaient bien sûr leur horreur face à ce crime, mais aussi leur rejet d'une société incapable de les prémunir de pareilles exactions, d'une justice indifférente, de l'insécurité, de l'incertitude.

- Un monde qu'ils ne comprennent plus, compléta Tourneau.

- Ici, les gens ne comprennent plus rien, ajouta Alexeïev. En quelques années, nous avons eu la perestroïka, l'effondrement du communisme, un putsch. Les habitants se sentent abandonnés par un Etat autrefois omniprésent, et vous voudriez qu'ils n'écoutent pas quelqu'un qui leur parle de la grandeur passée, de lendemains meilleurs, de fraternité ?

- Est-il vraiment dangereux ? questionna Winmere.

Matteoli répondit :

- Mussolini l'était-il en 1930 ? La marche sur Rome était-elle vraiment destinée à prendre le pouvoir ou n'était-elle rien d'autre qu'une manifestation grandiloquente de quelques excités ? Le putsch d'Hitler en Bavière était une improvisation d'amateurs. Voyez la suite.

Vlassov reprit :

- Nous savons qu'il représente une force morale considérable, qu'il rencontre fréquemment des militaires de haut rang et que la logique nous fait penser à un coup d'état. Mais allez l'arrêter maintenant et vous vous retrouverez avec une révolution sur les bras.

- Que faire alors ? demanda Tourneau.

Winmere tourna la tête vers la fenêtre.

- Attendre ce qu'il va nous dire.

Onovarenko avait franchi la Moïka et arrivait place des Palais. Il la traversa lentement. Ses disciples s'étaient arrêtés aux entrées des rues retenant d'un geste les milliers d'hommes et de femmes qui les suivaient.

Un podium était dressé à l'angle du bâtiment de l'Amirauté, face au Palais d'Hiver. Par les fenêtres, les observateurs de l'Agence et des services de sécurité russes le virent gravir lentement l'escalier de trois mètres qui menait à une plate forme d'où il allait adresser son discours.

Arrivé au sommet, il s'agenouilla et commença à prier.

La foule après lui se mit à genoux et se signa. Une colonne de soldats en armes venus de la place des Décembristes vint constituer un triple périmètre de sécurité autour du podium.

Après quelques minutes, Onovarenko se releva. A ce moment, les disciples firent un geste et la foule s'ébranla vers lui, guidée par un mince cordon d'hommes et de femmes en robe blanche.

- Nous avons des leçons de mise en scène à prendre chez vous, commenta Winmere.

- Et d'ordre, ajouta d'Archambeau.

*

- Mes frères, la voix roula sur la Place, nous sommes réunis ici à vingt-deux jours de la célébration du deux millième anniversaire de la naissance de Notre Seigneur Jésus Christ.

Hélas, la perspective de cet événement extraordinaire, qui devait être partout célébré dans la joie, l'amour et l'allégresse est assombrie par une série de signes que vient de nous adresser le Très Haut. Car, en vérité je vous le dis, Dieu n'est pas satisfait de ses enfants.

La voix grave avait enflé, martelant les derniers mots. Il continua, les yeux levés et les paumes de ses mains tendues vers le ciel.

- Il nous a envoyé son fils que des hommes impies ont crucifié. Cet ultime sacrifice était offert en rédemption de nos péchés. Mais le message d'amour qui devait remplir le monde a fait place à la guerre, au schisme, à l'indifférence et à la corruption.

Il est dit que les premiers apôtres sont allés vers les humbles avec un coeur d'or et une écuelle en bois. Les soi-disant serviteurs du Christ mangent aujourd'hui dans une vaisselle d'or et leur coeur est devenu plus dur que le chêne.

Les puissants de ce monde gouvernent les peuples de façon égoïste et le profit et l'assouvissement d'ambitions démesurées sont leurs seuls moteurs.

Les marchands du Temple ont envahi le monde et partout le culte du veau d'or a remplacé l'hommage dû au Seigneur. Méné, Téquel, Pérès[1].

Dieu nous a regardés, jugés et trouvés trop légers. Craignons la colère du Créateur de toutes choses.

Il regarda longuement la foule, puis reprit :

- Mais dans son infinie bonté, Dieu a voulu nous envoyer des avertissements, afin que s'il se trouve encore quelques justes en ce bas monde, ceux-ci les comprennent et intercèdent auprès de sa miséricorde le salut de ses brebis.

D'aucuns, la voix puissante enfla encore, ont la folie de mettre en doute les signes que le Tout Puissant a bien voulu leur adresser. A ceux-là, je dis : ne faites pas comme Pharaon, n'endurcissez pas votre coeur. Qu'ils se pénètrent du caractère divin des présages, car si les ténèbres venaient à obscurcir le ciel, Armaggedon ne serait pas loin.

Aussi, je vous le dis, croyez et repentez-vous.

Vous vous demandez peut-être, mes amis, pourquoi les humbles qui vivent dans la foi du Christ, devraient eux aussi subir la malédiction divine ?

La réponse, mes frères, est que nous sommes tous coupables. Coupables de supporter sans broncher les erreurs et les crimes de dirigeants incapables, coupables de permettre par notre indifférence et notre lâcheté l'ins-

---

1 Ces trois mots s'inscrivirent sur la muraille de la salle où avait lieu le festin de Balthazar (Daniel, 5, 25-28). D'abord interprétés comme une énumération d'unités monétaires, une interprétation secondaire est reprise dans l'explication de Daniel. Ces mots disent l'avenir de Babylone : pesé, compté, divisé ; la puissance babylonienne est proche de sa fin.

tallation de sociétés injustes où le puissant exploite le faible, le riche écrase le pauvre. C'est notre passivité qui est la cause de tous nos maux.

Souvenez-vous quand notre mère patrie fut envahie par les hordes nazies, c'est dans cette ville, martyre entre toutes, que par centaines de milliers tombèrent des patriotes, qui avec courage et abnégation firent le sacrifice de leur vie et arrêtèrent l'ennemi. Leurs enfants courbent aujourd'hui le dos. Pourtant ils sont aussi courageux que leurs glorieux aînés, mais ils ne savent pas qui est leur ennemi. Ils ne savent pas à quelle cause offrir leur vie pour que leurs enfants vivent demain mieux qu'aujourd'hui.

Parti du côté des militaires, un tonnerre d'applaudissements salua la tirade.

- Ce n'est pas du Bossuet mais ça a l'air efficace, commenta d'Archambeau.

- Et encore, ajouta Sperlitz, il ne se sert pas des trucs classiques des orateurs pour susciter les acclamations de la foule.

- Vous le trouvez bon ?

- L'argumentation est assez primaire, mais ça a l'air de porter.

- Ecoutez, coupa Vlassov.

- ... et ces châtiments et signes qui accablent le monde ont jusqu'à présent épargné notre pays, déjà défiguré par la misère et la corruption.

J'ai prié, nous avons prié pour que Dieu nous épargne, et jusqu'à présent nos prières ont été entendues. Mais seront-elles assez fortes et nombreuses pour détourner de nous sa colère ? Priez avec moi, mes frères.

Il s'agenouilla, imité par la foule. Un silence absolu envahit la place, à peine troublé par le ronronnement des hélicoptères des chaînes de télévision qui filmaient l'événement. Matteoli, Tourneau et Kendo retirèrent simultanément les écouteurs qui leur avaient permis de suivre le prêche d'Onovarenko. Ils avaient l'air surpris en voyant tout ce peuple à genoux. Le Canadien balaya du regard la pièce où les vitrines exposant une extraordinaire collection de pierres taillées avoisinaient trois rangées de téléviseurs. Boris Alexeïev avait fait installer des caméras à différents endroits de la place. Devant des écrans qui montraient une série de militaires de haut rang, ses hommes prenaient fébrilement des notes.

- C'est vraiment avec un discours pareil qu'il compte galvaniser les foules ? questionna Kendo.

D'Archambeau répondit en souriant.

- Vous jugez difficilement, n'ayant eu que la traduction d'un texte, mais telle quelle, votre réflexion est intéressante. Il tapota les notes qu'il avait prises. Il est exact qu'il n'a rien dit de particulièrement frappant pour l'instant, rien qu'un fatras de références bibliques et d'appels à la fierté nationale.

- Il me fait penser à quelqu'un, murmura l'Allemand. C'est un autre style. Mais voyez le résultat, conclut-il d'un geste, en montrant la foule qui priait.

- Je suis d'accord avec vous, approuva Andrew. Avez-vous déjà écouté de vieux discours d'Hitler ? Ses harangues étaient un mélange de nationalisme, de revendications territoriales et de foi dans un führer.

- Ici Dieu remplace le chef. C'est plus subtil, et le résultat est le même, encore qu'un exercice silencieux de manipulation des masses est plus compliqué, sans les «Sieg Heil» qui permettaient de canaliser les émotions et de communier avec le chef.

- Attention, coupa Alexeïev.

Onovarenko s'était relevé et étendit les bras. A ce commandement muet tout le monde se leva.

- Mes frères, les paumes tendues montèrent vers le ciel, nos prières ont été entendues. J'ai vu Dieu qui nous regardait avec compassion. Mais seront-elles suffisantes pour nous garder de sa colère ? Suivons-nous assez les enseignements de son Fils pour que dans son infinie miséricorde, le Seigneur ramène sur notre terre l'amour et la charité ? Dieu a dit : *«N'amassez pas de trésors sur la terre, où les vers et la rouille détruisent, et où les voleurs percent et dérobent, mais amassez des trésors dans le ciel, où ni les vers ni la rouille ne détruisent et où les voleurs ne percent ni dérobent. Car là où est ton trésor, là aussi sera ton coeur».*

- Matthieu, murmura Winmere.

Les autres approuvèrent machinalement. Onovarenko inspira largement.

- Que signifient ces paroles sacrées ? Il est clair qu'elles condamnent l'enrichissement frénétique auquel nous sommes conviés aujourd'hui. Le culte de l'argent a remplacé celui des vraies valeurs. Souvenez-vous, il y a quelques années, des hommes éclairés et bienveillants travaillaient à ce que chacun d'entre nous reçoive la juste récompense de ses efforts, et seul l'acharnement des ennemis de notre pays a fait que les fruits à partager ne fussent pas plus nombreux.

Jésus rencontra un jour un jeune homme riche qui lui demanda ce qui est bon. Le Seigneur lui répondit : «Pourquoi m'interroger sur ce qui est bon ? Un seul est bon. Si tu veux rentrer dans la vie, observe les commandements».

- Lesquels ? lui dit-il.
Et Jésus répondit :
- Tu ne commettras pas de meurtres ; tu ne commettras pas d'adultère ; tu ne diras pas de faux témoignages ; tu ne commettras pas de vol. Honore ton père et ta mère, et tu aimeras ton prochain comme toi-même.
Le jeune homme lui dit : «J'ai gardé tout cela, que me manque-t-il encore ?»
Jésus lui dit : «Si tu veux être parfait, va, vends ce que tu possèdes, donne le aux pauvres, et tu auras un trésor dans les cieux. Puis viens et suis-moi».
Après avoir entendu ces paroles, le jeune homme s'en alla tout triste, car il avait de grands biens.

Jésus dit à ses disciples : «En vérité, je vous le dis, il est difficile à un riche d'entrer dans le royaume des cieux.
«Je vous dis encore, il est plus facile à un chameau de passer par un trou d'aiguille, qu'à un riche d'entrer dans le royaume de Dieu». Les disciples, entendant cela, étaient très étonnés. Ils dirent : «Qui peut donc être sauvé ?»

- Matthieu encore, souligna Winmere.

La voix d'Onovarenko enfla :

- Mes frères voilà où vos dirigeants veulent vous entraîner. Ils vous disent : «enrichissez-vous». Ils détruisent les structures qui vous ont permis de vivre décemment et dans l'honneur pour vous lancer à la recherche d'un profit rapide. Et je vous le demande, combien parmi vous sont-ils devenus plus riches ? Combien ? Qu'ils s'avancent et disent : les idées venues d'Occident m'ont honnêtement enrichi.

Il s'arrêta pour contempler les visages tendus vers lui.

- Qu'ils s'avancent.

Personne n'esquissa un geste.

- En vérité, je vous le dis, mes frères, les nouveaux riches deviendront plus riches encore, mais ils ne sont pas parmi nous. Les pauvres deviendront plus pauvres encore, car je vous le demande : «êtes-vous plus riches qu'avant ?»

La foule se taisait toujours hésitante.

- Répondez-moi, êtes-vous plus riches qu'avant ?

- Non ! La réponse fut hurlée par des milliers de voix.

- Etes-vous plus pauvres qu'avant ?

- Oui ! Le cri avait enflé, porté par la multitude qui commençait à s'agiter.

Onovarenko étendit les bras.

- *Ecoutez encore la parole du Seigneur et méditez son enseignement. Si quelqu'un enseigne autrement et ne marche pas selon les Saintes Paroles de Notre Seigneur Jésus Christ, et selon la doctrine conforme à la piété, il est enflé d'orgueil, il ne sait rien, il a la maladie des discussions et des disputes de mots. De là naissent l'envie, la discorde, les calomnies, les mauvais soupçons, les contestations interminables d'hommes à l'esprit corrompu, privés de la vérité et qui considèrent la piété comme une source de gains. Certes c'est une grande source de biens que la piété, si l'on se contente de ce que l'on a. Car nous n'avons rien apporté dans le monde, comme aussi nous n'en pouvons rien emporter. Si donc, nous avons la nourriture et le vêtement, cela nous suffira. Mais ceux qui veulent s'enrichir tombent dans la tentation, dans le piège et dans une foule de désirs insensés et pernicieux qui plongent l'homme dans la ruine et la perdition. Car l'amour de l'argent est la source de tous les maux.*

- Epître de Paul aux Corinthiens ? suggéra d'Archambeau.

- De Paul à Timothée, corrigea l'Américain. Ce type ferait fortune chez nous comme prédicateur. Ils se turent sous l'oeil désapprobateur de Vlassov.

- En vérité, je vous le dis, mes frères, la course stérile à un profit qui n'est pas bon aux yeux de Dieu vous prive aujourd'hui de la nourriture et du vêtement. Est-ce cela que vous voulez ?

- Non, répondit immédiatement la foule. Des poings se levaient. Non ! répéta-t-elle.

Le prêcheur étendit la main :

- Mais alors que devons-nous faire ? Ecoutez les recommandations du Seigneur : *«Que toute personne soit soumise aux autorités supérieures, car il n'y a pas d'autorité qui ne vienne de Dieu, et les autorités qui existent ont été instituées par Dieu».*

C'est pourquoi celui qui s'oppose à l'autorité résiste à l'ordre de Dieu et ceux qui résistent, attireront une condamnation sur eux-mêmes.

Les gouvernants ne sont pas à craindre quand on fait le bien, mais quand on fait le mal. Veux-tu ne pas craindre l'autorité et tu auras son approbation, car elle est au service de Dieu pour ton bien. Mais si tu fais le mal, sois dans la crainte ; car ce n'est pas en vain qu'elle porte l'épée, étant au service de Dieu pour montrer sa vengeance et sa colère à celui qui pratique le mal. Il est donc nécessaire d'être soumis non seulement à cause de cette colère, mais encore par motif de conscience.

Onovarenko marqua un temps d'arrêt.

- Paul aux Romains, en profita pour placer Winmere.

- Il semble particulièrement l'apprécier, approuva d'Archambeau.

Un silence interloqué planait sur la foule.

- La soumission, commença Onovarenko, s'applique à un gouvernement qui pratique le bien. Est-ce le cas ?

- Non !

- La ligne qu'il nous a tracée est-elle agréable aux yeux du Seigneur ?

- Non ! Les cris jaillissaient.

- Laisserez-vous ses recommandations et ses nouvelles lois nous priver de notre salut éternel ?

Un rugissement lui répondit :

- Non ! Jamais !

- Calmez-vous mes frères, car l'Eternel a dit aussi :

> «Il y a un temps pour tout, un temps pour toute chose sous le ciel.
> «Un temps pour enfanter et un temps pour mourir.
> «Un temps pour planter et un temps pour arracher le plant.
> «Un temps pour tuer et un temps pour guérir.
> «Un temps pour démolir et un temps pour bâtir.
> «Un temps pour pleurer et un temps pour rire.

Il marqua un bref temps d'arrêt.

«Un temps pour subir et un temps pour se révolter.

- Cette dernière citation, glissa Winmere, n'est pas dans l'Ecclésiaste.

Boris Alexeïev jeta un coup d'oeil inquiet sur la foule. Un sourd grondement leur parvenait.

- Ça risque d'être l'émeute, grogna-t-il.

Puis Onovarenko joignit les mains et sembla prier, le front haut levé. Il étendit à nouveau les bras :

- Mes frères, le Seigneur m'a parlé. Il a envoyé des signes, preuves de sa colère, aux gouvernements et aux peuples, mais comme Pharaon devant Moïse, leur coeur s'est endurci et ils n'ont rien voulu savoir. Et l'Eternel m'a dit : «je vais envoyer une dernière plaie au monde, qui étendra des ténèbres palpables sur le monde». Alors le temps sera venu pour les hommes de choisir entre Dieu et ceux qui pêchent contre lui. Mes frères, allez en paix maintenant. *Il vous regarde et vous jugera selon vos actes. Si ceux-ci sont bons, alors le désert et le pays aride s'égayeront, la steppe tres-*

saillira d'allégresse et fleurira comme un narcisse, elle se couvrira de fleurs et vibrera aux sons des chants d'allégresse et de triomphe. Alors s'ouvriront les yeux des aveugles, les oreilles des sourds, alors le boiteux sautera comme un cerf et la langue du muet triomphera. Le nuage se changera en étang et la terre de la soif en fontaines. Mes frères, allez dans la paix de notre Père, du Fils et du Saint Esprit. Ainsi soit-il.

Lentement, à trois reprises, il bénit la foule. Après quelques minutes celle-ci commença à refluer en silence. Au bout d'une demi-heure, la place des Palais était déserte.

*

- C'est du très grand art, commenta Tourneau, en regardant ses collègues qui suivaient fascinés le long repli silencieux des milliers de manifestants.

- J'ai cru un instant qu'il allait jeter les gens dans les rues.

Sperlitz haussa les épaules :

- A l'assaut de quoi ? La démonstration est beaucoup plus convaincante telle quelle. Qu'en pense notre distingué connaisseur de la Bible ? poursuivit-il en se tournant vers l'Américain.

- Au niveau du texte rien. Il a terminé par l'Exode et Esaïe. Ses citations sont un patchwork d'éléments soigneusement choisis en vue d'étayer un discours bien précis. Vous trouverez dans les Textes autant d'éléments qui prouveront exactement le contraire de ce qu'il a dit. Mais le procédé est habile et, d'autant que je puisse en juger, efficace.

- Tout cela dépend du public à qui l'on s'adresse, nota Andrew. Les populations russes sont plus traumatisées que les nôtres donc plus sensibles à ce genre de discours. Quant à la qualité de celui-ci, c'est le genre de rhétorique que l'on entend chez nous à Hyde Park. Mais l'auditoire se résume en général à une dizaine de touristes amusés.

Vlassov les avait écoutés. Il conclut :

- Je crois que nous avons tous besoin de quelques heures pour réfléchir. Nous parlerons de tout cela ce soir. J'ai fait réserver une table au Pierre le Grand, où l'on sert une délicieuse cuisine russe traditionnelle. A tout à l'heure.

Il les quitta avec un petit signe de la main et rejoignit Alexeïev avec lequel il entama immédiatement une conversation animée.

*

Moscou, vendredi 3 décembre 1999. J -29.

- «Vous qui entrez ici, laissez toute espérance», cita Andrew.

Un magnifique soleil hivernal inondait la place Loubianskaïa. Avoir débaptisé la place Djerninsky n'avait rien changé aux yeux des moscovites, ni des autres d'ailleurs.

Aucun ne put réprimer un léger mouvement d'appréhension en franchissant la lourde porte entourée de massifs blocs de pierre grise. Les drapeaux russes qui flottaient entre le rez-de-chaussée et le premier étage n'arrivaient pas à faire oublier qu'aux yeux de tous, il s'agissait toujours de la Loubianska, siège du K.G.B. pendant l'ère communiste.

Trois parmi eux avaient été des professionnels du renseignement et ce bâtiment avait toujours valeur d'un symbole très fort. Vlassov se tourna vers ses collègues et dit en souriant :

- Vous savez, il arrive maintenant qu'on en sorte vivant.

L'intérieur était aussi quelconque que la façade. Couloirs sans fin de teinte neutre, bureaux quelconques, éclairage cru.

- C'est le Pentagone en plus moche, déclara Winmere. Il y a cependant un point de comparaison : l'incapacité que l'on éprouve à retrouver son chemin. Langley à l'air d'une colonie de vacances à côté de ceci.

- Et la Piscine d'un bâtiment de sous-préfecture, ajouta d'Archambeau. Ils se regardèrent en souriant. Les autres n'éprouvaient qu'une curiosité mêlée du sentiment confus d'être dans un lieu chargé d'histoire. Le bâtiment sentait le flic. C'était suffisant pour qu'ils ne s'y sentent pas trop dépaysés.

Le bureau du maréchal Koistchokov était une pièce d'angle du 7e étage. Il se leva à leur entrée, déposant le journal qu'il était en train de lire. Boris Alexeïev fit de même. Les principaux titres de la presse russe jonchaient le bureau en même temps que le Washington Post, le Herald Tribune, Die Welt, le Times, le Monde, et une douzaine d'autres titres.

Sur une table, un brunch copieux était servi et des fauteuils en quantité suffisante avaient été disposés.

- Bienvenue à vous, messieurs, lança Koistchokov. Il serra les mains à la ronde. Boris et moi avons rendez-vous avec notre Président dans trois quarts d'heure. Après cet entretien, nous déjeunerons avec lui, ce qui devrait vous laisser le temps de consulter la presse et de discuter du meeting d'hier. Nous devrions revoir le Président en début de soirée. Mais nous serons de retour aux environs de quinze heures. Toutes les idées et suggestions seront les bienvenues.

Il effleura son interphone et dit simplement : «Gricha».

La seconde d'après son aide de camp entra. Il portait les insignes de major.

- Gricha, ces messieurs sont nos hôtes. Veillez à ce que toutes leurs demandes soient satisfaites dans les plus brefs délais. Messieurs, à tout à l'heure.

- Je m'imaginais, dit Kendo après leur départ, mon séjour au K.G.B. très différent de celui-ci. Il désigna la table : blinis, caviar.

Personne ne lui répondit. Tous étaient déjà plongés dans l'étude de leurs journaux. Dans son ensemble, la presse n'accordait pas une place exceptionnelle au rassemblement de Saint-Petersbourg. Le manque de temps pouvait en être la cause, mais aucun n'avait jugé l'événement digne de sa Une, contrairement aux quotidiens russes.

Après une demi-heure d'échanges de titres, il était évident que les journalistes occidentaux n'avaient consacré que peu d'attention à la première manifestation publique d'Onovarenko. Le Washington Post et la Stampa notaient la concentration anormale de militaires présents, mais de façon presque anecdotique.

- D'une certaine manière, c'est peut-être mieux ainsi, commenta Sperlitz.

- C'est une indifférence coupable, s'insurgea le Canadien. Les quotidiens tant anglophones que québécois avaient relégué l'événement au rang de fait divers.

- Et pourquoi voudriez-vous qu'ils se préoccupent tant d'un rassemblement de quelques milliers de personnes qui écoutent un Raspoutine illuminé prêcher que le Christ était le premier des communistes ? lança Winmere.

Par contre les quotidiens russes consacraient tous leurs manchettes à la réunion de la place des Palais. Les commentaires allaient tous dans le même sens : Onovarenko annonçait-il l'apocalypse nucléaire ?

- Je suppose qu'après avoir étudié les éditoriaux de leurs collègues russes, nos journaux consacreront plus d'attention à ce qui s'est passé ici. Mais leur réaction à chaud montre que ce que nous considérons comme un événement majeur a été perçu chez nous comme une banale manifestation.

- Si nous sommes ici, intervint Matteoli, c'est que nous considérons qu'un réel danger existe.

- Sommes-nous seulement d'accord sur sa nature ? questionna le Japonais. Et sommes-nous sûrs que c'est en Russie que surgira le danger ?

- Viktor, demanda Andrew, y a-t-il quelque chose que nous ignorions et qui a fait que nous sommes tous venus à votre demande et toutes affaires cessantes à Saint-Petersbourg ?

Vlassov ferma les yeux, joignit les extrémités de ses doigts et déclara :

- Nous sommes certains que quelque chose se prépare en Russie.

- Comment ?

- Nous avons infiltré un agent dans l'entourage d'Onovarenko.

- Quelqu'un de sûr ?

- Assez, oui, sourit le Russe. Les autres le regardaient intrigués. Le major, appelons-la Tatiana, est une de nos spécialistes les plus douées. Son existence et, jusqu'à son nom sont ultra-secrets.

- Confidences sur l'oreiller ? suggéra d'Archambeau.

- C'est un de ses nombreux talents.

- Tous les services secrets disposent de ce genre de personnage, grogna Winmere.

- Mais aucun n'a décroché chez vous la Médaille d'Honneur du Congrès. Le major Tatiana a reçu deux fois l'Ordre de Lénine : des mains de Tchernenko et de celles de Gorbatchev.

D'Archambeau sifflota. Bigre, si forte que cela ?

- Plus encore. Si l'on en croit ses rapports, Onovarenko projette un soulèvement populaire à la faveur d'un événement grave.

- Notez, remarqua Andrew, que son discours d'hier ne laissait rien cacher de ses intentions.

- Sans doute, mais c'est la confirmation que nous attendions.

- Votre Mata-Hari n'a pas été capable d'en savoir plus ?

- Arthur, votre pudibonderie est excédante. Je me demande parfois ce que vous faites dans ce métier.

Vlassov continua :

- J'imagine que si le major n'a rien ajouté, c'est que sa source d'informations n'a rien pu lui dire d'autre.

- C'est assez révélateur.

- Oui, car son informateur est un des proches collaborateurs d'Onovarenko. Il semblerait qu'il existe un formidable cloisonnement entre les différents acteurs. Au regard des moyens mis en oeuvre et des résultats dont nous disposons, les instigateurs ne sont pas de quelconques amateurs.

- Services secrets ou opérations consulaires ? suggéra Andrew.

- Pas les nôtres, affirma Vlassov. Qui aurait intérêt au retour de blocs antagonistes ?

- Le communisme oriental ? suggéra Kendo.

- Ils sont trop occupés à négocier leur virage vers l'économie de marché pour s'offrir le luxe d'un nouveau grand frère pur et dur.

- «Cui fecit, cui prodest», cita Tourneau.

- Ce qui signifie ?

- Qu'en bon flic, je me demande à nouveau à qui le crime profite.

- C'est une approche qui me plaît, approuva Matteoli.

- A ceux qui veulent prendre le pouvoir, c'est évident, lança Vlassov.

Le Japonais fit une moue dubitative :

- Quel pouvoir ? Vos militaires sont déjà au sommet de la hiérarchie. Ils marchent pour la grandeur militaire passée, la puissance de l'Empire. Que le spectacle d'une société qui se déglingue ne soit pas pour leur plaire, d'accord. Mais nous sommes en 1999. S'il avait dû y avoir coup d'état, c'était il y a dix ans. Ici, c'est trop...

- Machiavélique, suggéra Tourneau.

- Exactement. Un coup d'état militaire, c'est plus simple. Souvenez-vous en Espagne, ce colonel arrivant aux Cortès avec son comique petit chapeau noir et tirant des coups de feu en l'air.

- Nous en avons eu un en août 1991, compléta Vlassov. Les chars sont entrés dans Moscou, Gorbatchev a été séquestré, mais les putschistes n'ont pas pris la précaution de contrôler les médias, et ils ont été surpris par la réaction populaire, emmenée par Boris Elstine. La moitié de l'armée et du K.G.B. se sont rangés à ses côtés et cela a été suffisant. Gorbatchev a pu regagner Moscou, mais mort politiquement. En Espagne comme ici, cela sentait l'improvisation et l'amateurisme.

- Ce qui n'est certainement pas le cas ici.

- Nous tournons en rond, gémit Sperlitz.

- Je ne suis pas d'accord. Nous en arrivons à la conclusion que les militaires russes, une partie d'entre eux, participent à l'opération mais n'en sont pas les instigateurs.

- Des militaires étrangers ?

- Certainement pas.

- Onovarenko alors, suggéra Matteoli.

- A qui le crime profite-t-il ? insista Sperlitz.

- Aux tenants du désordre, hasarda l'Américain.

- Vous ne pensez pas qu'il y en a suffisamment ?

- Ceux de l'Ordre ?

- Peut-être. Lequel ?

- L'Ordre Nouveau. La résurgence des mouvements ultra-nationalistes en Europe est un fait.

- La vieille menace fasciste ? Envisageable, mais très improbable. Dans le fond, le crime profiterait à tout le monde.

- Ce qui ne nous avance guère, avoua Vlassov. Revenons à Onovarenko. Il est un des éléments majeurs du complot. Or, vous semblez le considérer comme incapable de mettre sur pied une pareille opération.

Il consulta ses collègues du regard. Les uns après les autres, tous secouèrent négativement la tête.

- Nous sommes également d'accord pour considérer qu'il n'y aurait pas d'intervention extérieure d'un autre pays, au niveau gouvernemental, bien sûr.

Nouvelle dénégation.

- Croyons-nous à la phase ultime du plan, à savoir une agression ou un accident nucléaire ?

Tous approuvèrent.

- Qui devrait intervenir avant la fin de l'année ?

- Pourquoi pas plus tard ! suggéra Andrew.

Tous restèrent quelques instants pensifs.

- Et si nous mangions ! s'exclama Vlassov. Nous piétinons.

Quelqu'un nous fait danser. Nous connaissons la partition, les exécutants, mais pas le chef d'orchestre.

- Une symphonie inachevée, en quelque sorte, conclut d'Archambeau.

∗

Ils terminaient de faire honneur au buffet lorsque Boris Alexeïev et le maréchal Koistchokov revinrent du Kremlin. Ce dernier se laissa lourdement tomber dans son fauteuil.

- Les nouvelles ont l'air mauvaises ?

Ce dernier opina sans mot dire.

- Très mauvaises ? demanda Winmere.

Boris Alexeïev fit une grimace. Le Président veut faire arrêter Onovarenko pour atteinte à la sécurité de l'état.

- L'ordre est-il déjà lancé ?

- Pas encore, nous avons obtenu un délai de trois heures. Il nous faut des idées et vite !

- Dans le fond, interrogea Kendo, serait-ce un drame si Onovarenko était arrêté ?

- Je pense que oui, répondit Koistchokov. Ou plutôt, j'en suis sûr. Des troubles éclateraient un peu partout, et à la faveur de ceux-ci, certains militaires pourraient être tentés par l'aventure. L'état de notre pays ne nous permet pas de guerre civile.

- Le risque existera toujours, rétorqua le Japonais.

-Sans doute, mais une arrestation épargnerait peut-être au monde une catastrophe nucléaire.

- En êtes-vous si persuadés ? De notre discussion de tout à l'heure, j'ai retiré deux idées, déclara d'Archambeau. Douglas a demandé si le dernier acte du syndrome M ne pourrait pas se dérouler plus tard. Nous n'avons pas assez approfondi sa réflexion. La seconde est venue de Viktor Evguenitch. Nous ne connaissons pas le chef d'orchestre. En premier lieu, ne nous sommes nous pas laissés entraîner dans le piège du millénarisme ? Tout porte à croire en cette théorie, mais n'est-ce pas précisément le but recherché ?

- Mais, interrogea Alexeïev, si la catastrophe survient après le 31 décembre 99, est-ce que l'impact auprès des foules sera le même ?

- Tchernobyl, commença Kendo, s'est produit un 26 avril 1986. Ce n'était pas une date particulière, mais pourtant, tout le monde s'en souvient : 20% des terres incultivables en Biélorussie, des villages entiers abandonnés, les maladies.

- Grands dieux, soupira Winmere, c'est à devenir fou. Chaque fois que l'on pense fermer une porte, trois nouvelles s'ouvrent.

- Et dire que dans quelques années, on pensera : «comment ont-ils pu se laisser abuser ? Tout était si évident !»

- En 46, tout le monde prétendait avoir prévu la guerre. Avant elle, on avait acclamé Daladier et Chamberlain.

Koistchokov coupa :

- Nous pourrions avoir là un premier argument à faire valoir : il pourrait ne pas y avoir d'urgence à l'arrestation d'Onovarenko. Puis, se tournant vers d'Archambeau : et votre chef d'orchestre ?

- Ce que j'ai vu du prêcheur m'amène à penser que l'individu, même s'il est un orateur très doué n'est pas du gabarit à concevoir un coup d'état.

Mais son discours n'est-il pas une sorte de gambit du fou dans la partie qui nous oppose à son concepteur ?

- On nous suggère que l'individu est très dangereux. Nous l'arrêtons, et les troubles commencent, approuva pensivement Vlassov.

- Pitié, c'est trop subtil pour moi, gémit Tourneau.

- Nous avançons comme à la procession d'Echternach. Deux pas en avant, un pas en arrière. Encore que dans notre cas, ce serait plutôt l'inverse.

- Ils ont raison, approuva l'Italien. Vous autres, les anciens des services secrets, vous semblez tout compliquer à plaisir.

- Ecoutons donc les policiers.

Koistchokov se carra dans son fauteuil. Kendo se lança le premier.

- Notre ami canadien nous a rappelé la base de toute enquête. A qui profite le crime ? Permettez-moi à mon tour de citer un principe élémentaire de toute investigation : les hypothèses doivent reposer sur des faits et des preuves. Que savons-nous des enquêtes en cours ?

- Primo que les sectes impliquées ont vraisemblablement été créées dans un but précis.

- Secundo que les pistes s'arrêtent toutes dans ses paradis fiscaux.

- Tertio que l'ensemble de l'opération que nous appelons syndrome M a nécessité non seulement une organisation parfaite, mais également des fonds considérables qui dépassent largement les capacités financières de ces mouvements. C'est une notion que nous n'avons pas assez approfondie. D'où vient l'argent ? Vous cherchez à qui le syndrome M profite ? Recherchez les investisseurs !

- Intéressant concéda Koistchokov. Que nous dit encore votre expérience policière ?

Sperlitz toussota :

- Ceci n'est pas une expérience policière mais une référence à un passé relativement proche. En Allemagne, Hitler a bénéficié de l'appui des puissances industrielles et financières pour lancer le nazisme. Sans elles il n'aurait été qu'un trublion de plus dans la République de Weimar. L'argent. Cherchez les détenteurs de l'argent.

- Nous n'en avons pas, maugréa Vlassov. Notre rouble est dans le trente-sixième dessous. Quel intérêt pourraient retirer des commanditaires d'un coup d'état en Russie ?

- Viktor, vous le faites exprès ? demanda Winmere.

- Oui, bien sûr. Je vous comprends, mais c'est tellement énorme, ce bon vieux cliché du complexe militaro-industriel tirant ses ficelles dans l'ombre.

- Peut-être convint d'Archambeau. Mais dans ce cas, le choix de la Russie s'explique parfaitement. Selon les thèses millénaristes, s'il existe un pays où l'assimilation «fin d'un monde égale fin du monde», c'est bien celui-ci. De plus, même exsangue, ce pays est encore la seconde puissance militaire mondiale. Remettez en selle un gouvernement d'inspiration communiste pure et dure et que va-t-il se passer ?

Personne ne répondit. Tous savaient. Ce fut Winmere qui évoquant les goûts cinématographiques de son adjoint murmura :

- L'Empire contre-attaque.

Alexeïev approuva

- C'est à cette conclusion que notre Président est arrivé. C'est la raison pour laquelle il souhaite faire arrêter Onovarenko immédiatement.

- Je crains de ne pas approuver sa décision, trancha d'Archambeau.

- Cela pourrait être une solution radicale au problème.

- Je suis certain que cette éventualité a été prévue par nos adversaires, et j'en viens à me demander si elle n'est pas souhaitée. A mon avis, s'ils se sont découverts hier, c'est qu'ils sont prêts.

Vlassov regarda ses collègues les uns après les autres :

- Est-ce la votre avis ?

Chacun approuva, et Alexeïev ajouta d'une voix morne :

- C'est également l'avis de notre Président.

- Mais alors, s'emporta Matteoli, pourquoi s'obstine-t-il à vouloir faire arrêter Onovarenko ?

- Pour éviter une catastrophe nucléaire. Il compte aussi sur les unités fidèles de l'armée.

Winmere fit la moue.

- Il n'est pas du tout certain que l'explosion atomique prévue n'ait pas lieu de toute façon. En cas de troubles internes, elle servirait de dérivatif à l'opinion internationale. De plus, vous risquez la guerre civile.

Tourneau commença d'une voix hésitante :

- Il y a peut-être un moyen. Toutes les têtes se tournèrent vers lui. Ce que nous, policiers, appelons le flag. Le flagrant délit. Si nous arrêtons Onovarenko maintenant, nous avons toutes les chances de nous retrouver avec un soulèvement sur les bras. Par contre, si nous arrivons à coincer un de ses complices au moment où il s'apprête à agir, nous avons une chance. En établissant un lien formel entre Onovarenko et lui, nous discréditons notre prêcheur. A ce moment, vous pourrez vous occuper de vos militaires et de leurs commanditaires.

Un long silence s'ensuivit, puis Koistchokov murmura :

- C'est mince. Très mince.

- Et très risqué, ajouta Andrew.

- Aléatoire, hypothétique, dangereux, tout ce que vous voudrez, jeta nerveusement d'Archambeau. Avez-vous autre chose à proposer ?

- Vous nous demandez de risquer la vie de nombreux de nos compatriotes, lâcha Vlassov.

- Et qui nous dit, demanda Kendo, que si apocalypse nucléaire il y a, celle-ci se passera nécessairement en Russie ? Jusqu'à présent nos ennemis ont fait preuve d'une intelligence perverse dans le choix de leurs objectifs. Pensez à la peste de Sarajevo. Nous l'attendions en Afrique. Alors pourquoi pas le malheur atomique au Japon, par exemple ? A l'heure de la communication immédiate, n'importe quel événement d'importance est présent sur tous les écrans de télévision de la planète dans l'heure qui suit. Il a parlé d'un signe, souvenez-vous.

Le silence s'installa dans la pièce. Tous faisaient mentalement le tour de leurs centrales nucléaires. De leurs villes.

- Je suis d'accord avec mon ami Arthur, poursuivit le Japonais. Qu'est-ce qui empêcherait les partisans d'Onovarenko de déclencher la dixième plaie en cas d'arrestation de ce dernier ? On aurait ajouté l'auréole du martyr sur la tête du prophète.

Alexeïev grogna :

- On va rester à ne rien faire, alors ?

- Il y a beaucoup à faire au contraire, affirma d'Archambeau. Quand on use de symboles aussi forts que les histoires bibliques, on utilise jusqu'au bout l'argument millénariste. Finalement, je suis convaincu que la date butoir est bien le 31 décembre 99.

- Nous sommes le 3. Il nous reste quatre semaines, souligna Vlassov d'un air misérable.

- Que pensez-vous que décidera votre Président ? questionna Winmere en se tournant vers le maréchal Koistchokov.

Celui-ci se leva. Il paraissait fatigué et vieilli.

- Il n'y a peut-être pas d'autre solution. Il crispa les poings. Les salauds ! Quand nous les tiendrons. Venez Boris. Allons essayer de convaincre notre Président d'attendre que le ciel lui tombe sur la tête.

*

L'Ilyouchine filait au-dessus de la masse nuageuse.

- Viktor et Toïchiro nous rejoindront à Paris dans deux jours.

Sperlitz approuva distraitement. Il consulta sa montre. Nous serons à Francfort dans une demi-heure.

Ils avaient quitté Moscou dans l'heure qui avait suivi l'acquiescement contraint et embarrassé du Président russe. Seul Kendo avait profité d'un vol direct Moscou - Tokyo. Il avait été décidé de ne pas se séparer à Moscou. Leurs faits et gestes étaient certainement surveillés.

- J'emmène Tourneau à New York, avait déclaré Winmere. Un chasseur bombardier de l'U.S. Air Force nous attend à Francfort.

L'avion amorçait sa descente. Deux rangées derrière d'Archambeau, Matteoli contemplait les nuages. Au changement de régime des réacteurs, il sut que le sol s'approchait. A leur entrée dans les nuages, quelques turbulences secouèrent l'appareil. Des gouttes de condensation couraient rapidement sur les hublots. Il enregistra distraitement le chuintement du train d'atterrissage sortant du fuselage.

- A quoi pensez-vous ? demanda Andrew assis à côté de lui. Matteoli sursauta légèrement :

- A rien, à tout. A une sorte de constat désabusé sur l'existence. Je me suis offert une demi-heure de philosophie de bazar et d'auto-apitoiement. Vous savez le genre où sommes-nous, qui sommes-nous, à quoi tout ça sert-il ? C'est une de mes petites manies, nous autres, Italiens... conclut-il en souriant.

- Ce n'est pas l'apanage des Italiens. Je connais cela moi aussi. Voyez-vous, Giancarlo, nous avons un métier qui nous force à côtoyer le côté sombre de la vie, qui incite rarement à l'optimisme. Quand j'ai le spleen, il y a dans mon jardin secret un coin de campagne anglaise, avec un cottage, une rivière, quelques arpents de bois où chasser. Je m'y réfugie mentalement dès que j'atteins la cote d'alerte. J'habite Londres, précisa-t-il. Au bout d'une heure, je m'ennuie dans mon paysage à la Turner et je retourne aux embouteillages de Trafalgar Square avec bonheur. Il rit. Tant pis ! Nous sommes trop actifs. Avez-vous une liaison rapide avec Rome ?

- Quarante minutes d'attente.

- Je me demande ce que les patrons vont penser de tout ça ?

- Les lignes rouges vont chauffer dur.

- 007 est sorti de situations plus difficiles.

Andrew sourit :

- Sacré Fleming ! Lui et son héros invincible et souriant. Pourtant, c'était un homme de terrain qui connaissait la réalité du petit monde des agents secrets.

- Nous avons le même problème. Les bons flics souriants qui résolvent les problèmes les plus difficiles en deux ou trois coups de magnum 45. Avez-vous vu French Connection ? C'est ça la réalité. Des planques à n'en plus finir, des coins sordides, des filatures. Dans les films et les livres, les héros ne connaissent pas l'échec.

- Sinon ce ne seraient pas des héros. Ça y est. Je vais également me mettre à philosopher.

Paris, Elysée, lundi 6 décembre 1999. J -26.

- En somme, conclut d'un ton bref le Premier Ministre, vous nous demandez d'attendre qu'une de nos centrales nucléaires saute pour arrêter un agitateur russe.

D'Archambeau haussa imperceptiblement les épaules et se tourna vers le Président. Ce dernier avait écouté avec une attention grave le compte-rendu de leur séjour en Russie. A côté de lui, le ministre de l'Intérieur gardait les yeux mi-clos, les mains croisées sur le ventre.

Le Président se tourna vers lui. Aussitôt, il prit dans son porte-documents un dossier, l'ouvrit et commença à lire d'un ton monocorde :

- «Lors de l'accident de Tchernobyl, on estime que 5.000.000 de personnes ont été irradiées. Les surfaces contaminées sont évaluées à 200.000

km^2. Les statistiques concernant les décès sont assez imprécises. On peut les estimer dans une fourchette allant de 7.000 à 10.000 victimes, plus 30.000 invalides à vie. Plus de 3.000.000 d'individus ont été ou sont encore sous surveillance médicale.

Les affections les plus courantes concernent le système immunitaire, les troubles sanguins, les affections du système respiratoire, les cancers, les dysfonctionnements du système digestif, les troubles psychosomatiques et les problèmes liés à l'hérédité. Dans certaines zones les cancers de la thyroïde ont été multipliés par cent.

Même chez des hommes habitués à l'exercice du pouvoir, vivant au quotidien des secrets et des drames dont le public ne soupçonne même pas l'existence, l'énoncé avait quelque chose de vaguement obscène.

- On signale également une aggravation anormale des cas de leucémie et de nombreuses mutations génétiques chez les hommes et les animaux. En Biélorussie, 20% des terres agricoles sont toujours inutilisables. Le coût des dégâts se chiffre en centaines de milliards de francs.

Ces faits étaient plus ou moins connus de tous. Leur rappel bref et impersonnel les déplaçait maintenant vers la France. D'Archambeau pensa qu'au même moment, dans d'autres bureaux semblables, d'autres hommes imaginaient un nuage radioactif se déplaçant vers des cités où vivaient des êtres chers. Les grandes catastrophes qui se produisent à des milliers de kilomètres ont toujours quelque chose d'abstrait. Les graves tragédies ont en commun que leur ampleur engendre une sorte d'indifférence, comme si l'esprit se refusait à admettre les réalités d'une souffrance trop grande, trop multiple pour être vraiment assimilée et comprise. Lors de l'accident de Tchernobyl, le nuage radioactif avait fait le tour de la planète, et ses habitants avaient joué à se faire peur. L'angoisse des années cinquante avait un moment resurgi. Cette fois, la menace était là, bien précise. Le monde entier était concerné, et derrière ce péril se dissimulait, plus dangereux encore, la résurgence d'un système manichéen qui déboucherait peut-être cette fois sur l'holocauste.

- Je me demande, questionna le Président, si Youri a pris la bonne décision en n'arrêtant pas tout de suite cet agitateur ?

C'était une question, pas une condamnation. Le ministre de l'Intérieur répondit :

- Monsieur le Président, je me rallie à l'idée défendue par l'Agence. D'Archambeau et ses amis pensent que l'arrestation d'Onovarenko n'arrêterait pas le processus en cours. Un plan aussi élaboré ne s'arrête pas avec l'élimination d'une de ses composantes.

- Peut-être. Quelles sont les mesures prises ?

- Tous nos sites sont depuis quelques semaines sous haute surveillance. Nous allons la renforcer encore si cela est possible. La vie de tout le personnel des centrales est passée au peigne fin, afin d'y découvrir un rapport possible avec une secte. Nous agissons de même avec leur famille. Le moindre comportement hors normes est signalé.

- Et une agression extérieure ? demanda le Président. Un incident comme celui de Bugey est-il encore possible ?

Il faisait allusion à un exercice destiné à tester la fiabilité de la protection des centrales nucléaires. Dans la nuit du 28 au 29 octobre 1987, un commando de la DGSE avait réussi à introduire deux charges explosives et un lance-roquettes dans le site.

- Non, à l'heure actuelle, c'est rigoureusement impossible. Même vous, monsieur le Président, vous ne pourriez pas pénétrer dans une centrale sans les accréditations nécessaires. A ce niveau, je suis formel : sauf bombardement ou chute de météores, nos centrales sont sûres extérieurement.

- Donc la menace la plus sérieuse viendrait de l'intérieur. Que disent les R.G. ?

- Nous n'avons rien trouvé de significatif. Quelques tendances à l'alcoolisme mondain, des sympathies plus ou moins marquées pour l'extrême droite. Rien que de très banal. Tous ces individus sont suivis, leur téléphone est mis sur écoute et leur courrier contrôlé. Nous n'avons rien trouvé, en tout cas rien qui puisse justifier une mise en examen. D'ailleurs nous accomplissons ce travail pour ne rien laisser au hasard. Je mets ma main à couper que le ou les saboteurs infiltrés sont blancs comme neige, parfaits pères de famille et membres de sociétés caritatives locales.

- A ce sujet, nous avons peut-être une suggestion, émit d'Archambeau.

- Jusqu'à présent, il semblerait que vos intuitions aient été bonnes, déclara le Président. Continuez je vous prie, dit-il en l'invitant du geste.

- Nous pensons qu'il existe une chance pour que les rats quittent le navire avant qu'il ne coule. Je m'explique. Nous avons constaté la présence de sectes dans les environs de toutes les manifestations du syndrome M, même si un lien formel n'a pu être établi que dans trois cas. Il conviendrait de contrôler de très près tout mouvement inhabituel.

- C'est à dire ?

- Les gourous n'hésiteront pas à sacrifier leurs ouailles, si je puis employer ce terme, mais ils penseront certainement à sauver leurs précieuses vies. De même, dans l'hypothèse d'un ou plusieurs saboteurs internes, on peut raisonnablement penser qu'ils voudront mettre leur famille à l'abri. On pourrait travailler là-dessus.

- En cette période, avec les festivités et les sports d'hiver, cela ne sera pas facile, objecta le ministre des Affaires Extérieures.

- Voyez-vous une autre solution ?

Tous se dévisagèrent en silence. Puis le Président déclara :

- Si personne n'a d'autre suggestion à formuler, travaillez dans ce sens.

Il ajouta pour d'Archambeau :

- Si vous pensez à autre chose, n'importe quoi, ma porte vous est ouverte, à n'importe quelle heure du jour et de la nuit. Tous les moyens de la République seront mis à votre disposition. Je compte sur vous. La France et le monde entier comptent sur vous.

Paris, 10 décembre 1999. J -22.

Lucas était malheureux. Il se sentait devenir amoureux. Le profil de Tania se découpait dans la semi-obscurité de la pièce où les écrans des ordinateurs jetaient de loin en loin leur lumière grise. La courbe délicate de son cou se prolongeait par une masse de cheveux clairs, ramenés à la diable en une sorte de chignon dont s'échappaient quelques mèches folles.

Il pianota nerveusement sur son clavier. Tous les mâles de l'Agence étaient sensibles au charme acidulé de la jeune prodige. «Une fille avec un cerveau en forme d'algorithme et un corps de mannequin» pensa-t-il.

Lui dont les expériences amoureuses s'étaient limitées à des étreintes maladroites avec des camarades d'université et à l'expédition épisodique d'amours tarifées, voilà qu'il devenait jaloux. Il ressentait ces offres banales comme une injure à son intelligence et une agression contre un mode de vie marginal et introverti dont il s'était fort bien accommodé jusqu'alors.

Il passait dix-huit heures par jour cloué sur une chaise et vivait le martyr au moindre sourire dispensé par la jeune fille. Si encore elle avait pu être bête ! Dans ses divagations amoureuses, il se voyait toujours rayonnant d'intelligence avec une Tania qui le suivait, les yeux éperdus d'admiration.

Lucas était macho et ne le savait pas.

Malheureusement, l'objet de ses désirs avait été doté d'une intelligence aiguë, et son habileté confondante à pénétrer dans n'importe quel réseau faisait l'admiration forcée de celui qui, dans ce domaine, passait pour une légende vivante.

Il soupira bruyamment, s'attirant le regard amusé des autres occupants de la pièce, lesquels avaient depuis longtemps deviné la nature de ses tourments.

La banalité de la situation lui donnait la nausée. «Rodgi» Lucas amoureux ! Le moment était particulièrement mal choisi. Tous travaillaient comme des forcenés, houspillés par les occupants du septième étage, ces derniers écrasés par l'importance de l'enjeu.

- J'ai peut-être quelque chose, lança Bauwelinckx.

Lucas sursauta. Déjà tous entouraient l'écran du nouveau venu de la bande.

Titulaire à trente-deux ans de la chair d'informatique de l'Université de Paris VI, Olivier Bauwelinckx tenait d'un grand-père flamand un nom qui faisait le désespoir de ses compatriotes qui en massacraient allégrement la prononciation originelle.

Jeune homme d'aspect timide, les cheveux châtain légèrement ondulés, de taille moyenne et toujours vêtu avec recherche, il eut pu passer pour banal, n'eussent été les yeux pétillants d'intelligence derrière ses verres de myope.

Ses trois ouvrages sur la sécurité informatique faisaient autorité et un coup de fil de l'Intérieur à l'Education Nationale l'avait mis en disponibilité pour une durée indéterminée au nom de la raison d'état.

Bauwelinckx avait intégré sans problème le groupe hétéroclite dont l'essentiel de l'activité consistait à contourner les systèmes de protection que lui et ses semblables, mettaient constamment au point. Ils l'avaient accueilli avec respect et l'appelaient Professeur.

Dernier arrivé, il s'occupait de la Nationale Helvétique de Banque, établissement discret dont l'unique siège, situé à Lausanne, s'occupait de transactions rarement inférieures à sept chiffres ; en francs suisses naturellement. Sur l'écran défila une série de colonnes.

- Regardez ceci : 1996. Six versements de 12.000.000 de dollars, chacun de provenance différente, effectués dans un laps de temps de quarante-huit heures.

Quelqu'un sifflota : «Ça fait beaucoup d'argent».

- Il en a fallu des masses pour mettre au point un coup aussi tordu, déclara Lucas.

- Quelles en sont les provenances ?

- Cela reste à déterminer, répondit Bauwelinckx. Si nous nous y mettons tous, cela prendra de quinze jours à plusieurs mois.

- D'après ce que j'ai pu comprendre chez les chefs, la date limite pour le bouquet final serait le 31 décembre.

- Nous n'aurons jamais fini à temps, décréta Tania. Elle frôlait Lucas. Elle sent la verveine, pensa-t-il. Une bouffée d'images érotiques se bouscula dans sa tête. Il se força à regarder l'écran. Toute l'équipe le regardait.

- Pauvres de nous, pensa-t-il. On frôle la fin du monde, et moi, je vais m'offrir une poussée d'acné !

Lentement, il se déplaça vers le fauteuil de Bauwelinckx. Derrière son dos, quelques sourires et des mimiques appuyées apparurent. Des paris circulaient. Allait-il ou non se décider ?

- Nous ne sommes pas tenus par un horaire aussi strict, dit Lucas. Eux, il leva le pouce vers le haut, s'occupent à essayer d'éviter le drame. Nous recherchons les commanditaires. S'ils réussissent, nous aurons le temps de leur présenter l'addition. S'ils échouent, nous disposerons encore de quelques semaines. Au-delà... il fit un geste vague.

Mansart, dimanche 19 décembre 1999. J -13.

Le petit café était comble sur le coup de midi. Dans le fond, trois tables étaient occupées par des inconditionnels de la belote qui se réunissaient le dimanche matin.

Mansart, petit village belge de la province de Liège se préparait, comme tout le monde, au passage du troisième millénaire. Partout, lampes, guirlandes lumineuses et sapins garnissaient les rues. Pour la première fois depuis des années, la neige était prématurément tombée en abondance, offrant le rêve d'un Noël blanc.

Le monde entier s'apprêtait à fêter la nativité avec ferveur, et même les non-croyants se sentaient envahis par l'espoir d'un devenir meilleur. La porte du café s'ouvrit.

- Tiens, voilà le facteur.

Dans un village, le facteur est connu de tous et généralement l'objet de sympathie. Celui de Mansart était anormalement grand, filiforme, sa casquette semblait tenir en équilibre sur deux oreilles décollées. Il détenait et colportait sans malice tous les ragots du village et son stock inépuisable de plaisanteries lui valait un franc succès dans les ducasses des alentours où son physique et son fort accent faisaient se tordre de rire le public.

- Quoi de neuf, facteur ? lui demanda le patron en lui servant d'autorité la première des quatre bières brunes que son client buvait pendant sa belote dominicale.

- Pas grand chose. Fait froid.

Il se dirigea vers une table où une partie se terminait, ponctuée par les reproches véhéments du pharmacien, lequel détestait perdre. Son partenaire avait raté le capot en ne prenant pas la main au moment opportun. Il quitta la table d'un air boudeur sous l'oeil faussement contrit de son partenaire qui, d'un geste invita le facteur à prendre sa place. Quelques donnes furent effectuées, la conversation roulant sur les échéances proches.

- Voilà madame Barchon qui part aux sports d'hiver, lança le facteur en assénant sa carte. Belote.

- La vieille Barchon. C'est pas possible !

- Comme je vous le dis. Son fils a rêvé de passer le Jour de l'An en Suisse. Elle part après Noël.

- Elle qui n'a jamais été plus loin qu'à la côte. Ça va la changer.

- Elle est toute drôle. Elle m'a expliqué qu'à son âge, c'était pas des voyages à lui faire faire. Surtout que son Jeannot ne la rejoindra que plus tard. Rebelote.

Ludovic Lambert avait la main sur la poignée de la porte du café qu'il s'apprêtait à ouvrir après un sonore «salut» à la compagnie.

Il revint sur ses pas et comme se ravisant, fit signe au patron de lui resservir un verre.

Même en civil, même faisant à l'occasion sauter un procès verbal pour stationnement interdit, il restait un gendarme et savait que toute curiosité excessive ferait s'arrêter net la conversation.

Le facteur racontait maintenant la dernière histoire de missionnaires perdus dans la forêt africaine. Tous s'esclaffèrent.

Lambert lança :

- N'empêche, les sports d'hiver, moi j'aime ça.

Les commentaires fusèrent de plus belle. A 75 ans, ce n'était plus un âge pour aller skier. Lambert insista :

- Je me souviens avoir été un jour aux Deux Alpes. Il y avait des personnes âgées qui profitaient du bon air en faisant de grandes promenades. Où va-t-elle ?

- Zermatt, je crois.

- J'y suis allé étant étudiant, intervint Vogel, le professeur d'anglais. C'est superbe. Un petit train à crémaillère vous emmène à la station. En hiver, c'est le seul moyen de communication. Pas d'autos. Il se lança dans une description de la station suisse, qui fut interrompue par un : «Alors on joue ?»

- Elle part quand, madame Barchon ? demanda Lambert.

- Le 25 au matin. Son Jeannot la rejoindra quelques jours plus tard. C'est bon pour ses poumons qu'il lui a dit. Tous se replongèrent dans l'étude de leur jeu.

Ludovic Lambert quitta l'établissement perplexe. «Tout mouvement suspect», avait dit son chef. Qu'y avait-il de suspect à ce qu'un fils se soucie de la santé de sa vieille mère ? Rien, si ce n'est que madame Barchon détestait les voyages et prétendait n'avoir vu la mer qu'à cinquante ans passés. On disait dans le village qu'elle avait eu des malheurs dans la capitale. Jean, son fils, un intellectuel timide et tranquille travaillait à la centrale de Tihange. Un homme sans histoires, célibataire endurci, qu'on ne voyait quasiment jamais. Deux personnes sans histoire allaient passer le Jour de l'An à l'étranger, qu'est-ce que cela pouvait avoir de bizarre ?

Lambert s'arrêta devant la vitrine d'un boulanger. Au milieu des pains et des gâteaux, une crèche trônait, le tout surmonté d'une lampe clignotante. Oui. Non. Oui. Non. Ce qui est bizarre, c'est qu'ils voyagent séparément. Oui. Non.

Lambert se décida. «Tout mouvement suspect», avait dit son chef. Il décida de lui téléphoner.

Bruxelles, lundi 20 décembre 1999. J -12.

Robert Dumesnil, sous-directeur de la Sûreté de l'Etat, n'était pas à prendre avec des pincettes. Sur son bureau s'amoncelaient messages et rapports qu'il contemplait d'un air désabusé.

Il en lut quelques-uns et s'exclama :

- Et allez donc ! Grand-mère part aux sports d'hiver ! Il s'apprêtait à froisser le document quand un mot le frappa.

- Nom de Dieu ! jura-t-il. Tihange. Le fils y travaille et sa vieille mère part sans lui.

Il décrocha son téléphone. Une voix avec un fort accent lui répondit :

- Gendarmerie de Huy. Wauthier à l'appareil. Oui. Bonjour, monsieur Dumesnil. Non. Rien de particulier. Chez les sectes ? Non. Dans les environs de Huy ? Attendez. Nous avons Le Chemin de Dieu. Des gens bien tranquilles. En vacances, comme tout le monde. Pardon ?

Dumesnil venait de jurer :

- Qui est parti en vacances ? Le gourou et un de ses sbires. Non. Cela fait bien dix jours. Mais non, je ne me fiche pas de vous. Où ? Je n'en sais rien, moi ! Comment voulez-vous que je le sache ? Mettre tous mes hommes là-dessus toutes affaires cessantes ? Oui. Bien. Faut-il les arrêter ? Mais non, je ne suis pas idiot.

- Ecoutez Wauthier, calmons-nous. Il est exact que nous vous avons demandé de signaler tout mouvement suspect de dirigeant de secte. Vous avez fait votre travail puisque rien n'a été enregistré après que vous ayez reçu l'avis. Peut-être auriez-vous pu penser à ce qui s'était passé avant.

Oui. Je sais. Nous sommes tous surchargés de travail en ce moment. Ecoutez-moi. Il est essentiel que nous sachions de façon précise où et quand ils sont partis et ce dans la plus grande discrétion. Oui. Je compte sur vous. Pas de diffusion, pas de signalement, pas d'enquête trop ostentatoire. C'est excessivement important. Faites-moi d'urgence parvenir le pedigree de ces gaillards. Merci. Tous vos hommes, et discrètement. Oui, merci. Dumesnil raccrocha doucement

- Merde, soupira-t-il, Tihange !

Bruxelles, mardi 21 décembre 1999. J -11.

- Il est hors de question que l'on coure le moindre risque. Il faut fermer Tihange et mettre ce saboteur hors d'état de nuire.

Vigoureusement approuvé de la tête par le lieutenant-général commandant la gendarmerie, le ministre de l'Intérieur belge venait de conclure l'exposé des faits présenté par Ronquières d'Archambeau.

Les huit membres de l'Agence pour l'Environnement étaient arrivés de Paris par le premier Thalys et trois Mercedes noires aux vitres teintées les avait conduit sur les boulevards bruxellois dans l'immeuble massif, banal mais cossu qui abrite le siège de la société privée qui contrôle la production électrique du pays, dont 56% proviennent de la filière nucléaire.

- Je ne puis en principe qu'approuver votre décision, monsieur le Ministre. S'il existe le moindre risque pour le personnel et les populations, la sécurité prévaut sur toute autre considération. Cependant, mes collègues et moi-même, sommes persuadés que le degré de préparation auquel nous ont habitué les instigateurs des faits que je viens de vous relater, suppose que la menace pesant sur ce site n'est peut-être pas la seule du genre dans le monde.

- Au moins nous ne serons plus directement concernés, lança le militaire, s'attirant un regard désapprobateur de ses compatriotes.

- Est-ce que vous parieriez votre carrière là-dessus ? le questionna Winmere. Notez que je comprends parfaitement votre point de vue. Il serait particulièrement hypocrite de nier que tous ici présents, il désignait ses collègues, ne sont pas secrètement soulagés que leur territoire national soit en principe épargné. Insister pour que vous preniez des risques serait faire preuve d'égoïsme, voire de stupidité. Néanmoins, je partage le point de vue de mon ami français, Tihange n'est peut-être pas le seul objectif. Par contre, il est le seul à avoir été identifié comme cible probable. L'autre pourrait être Doel ou Chooz. Je vous accorde que le pourcentage de chances pour qu'une autre centrale belge soit visée est minime. Mais il faut constater que le choix des objectifs a toujours été rigoureusement déterminé en fonction de leur impact maximal. Votre pays est au coeur de l'Europe, Bruxelles en est la capitale. Dès lors...

- Au risque de paraître d'un égoïsme peu communautaire, je préfère 10% de risques à 100%, trancha le ministre de l'Intérieur.

- Vous connaissez maintenant la situation. Nous avons désespérément besoin de prendre quelqu'un en flagrant délit. Ici, nous en avons la possibilité. Prévenus, les risques encourus, si risques il y a, sont réduits, peut-être nuls. Laisser ces gens faire leur sale boulot ailleurs sans donner à la cible une chance de se défendre, est une lourde responsabilité que vous prenez là, Monsieur le Ministre.

- Je parle ici en tant que responsable d'un Ministère dont la principale activité est la sécurité des biens et des personnes de ce pays. Le Premier Ministre appréciera la situation en fonction de toutes les considérations, y compris notre appartenance à un contexte européen et international. Mon point de vue est en quelque sorte celui d'un technicien. Et à propos de technique, laissons les spécialistes nous quantifier les risques.

∗

La première à parler fut une femme d'une quarantaine d'années, grande, aux traits anguleux.

Julie Weyngaert était directrice de la sécurité nucléaire au Ministère de l'Emploi et du Travail. Ses services centralisaient toute la problématique des mesures de contrôle et de prévention des centrales belges.

Douglas Andrew essaya de se l'imaginer le chignon haut défait et des lentilles de contact remplaçant ses lunettes rondes cerclées d'écaille. Il conclut que cette femme devait être séduisante, mais que cette fin de millénaire était toujours conventionnelle, n'admettant pas qu'une femme puisse être à la fois intelligente et belle.

- Lorsque l'on parle à un profane de nucléaire, commença-t-elle, il pense à la bombe atomique, à Tchernobyl et à un tableau noir couvert de formules incompréhensibles, mais :

    - Primo, une centrale nucléaire, pour des raisons physiques sur lesquelles je ne vais pas m'étendre ne peut en aucun cas se transformer en bombe. C'est strictement impossible.
    - Secundo, Tchernobyl n'aurait jamais dû se produire, et je vous expliquerai pourquoi ainsi que les différences entre les centrales russes et les nôtres.
    - Tertio, si les équations et le matériel mis en oeuvre sont effectivement très sophistiqués, le principe général de fonctionnement d'une centrale est probablement plus simple que celui d'une automobile.

Si vous admettez le premier postulat centrale = bombe = impossible, nous en arrivons à Tchernobyl, qui est d'ailleurs le cas qui nous intéresse ici. Je vais vous dresser l'inventaire des différentes erreurs qui ont amené à une catastrophe qui n'aurait, je me répète, jamais du se produire.

- «Eppur si muove», murmura Matteoli.

- La différence fondamentale concerne la nature des réacteurs. Celui de Tchernobyl était de type RBMK soit, elle se tourne vers Vlassov en souriant, vous excuserez ma prononciation Reactore Bolchoe Molchnastie Kipiachie, ou réacteur de grande puissance à eau bouillante.

Nos installations sont de type PWR, Pressurised Water Reactor. Vous verrez plus tard que l'usage et le contrôle de l'eau dans ceux-ci sont d'une importance capitale.

Pour mémoire, je vous signale que nos ingénieurs maîtrisent cette technique depuis plus de 40 ans, puisqu'une équipe belge a participé au démarrage de la centrale de Shippingport aux Etats-Unis en 1957, première installation de type commercial appliquant cette technique, et que nous avons en 1962 mis en service à Mol le premier PWR construit en dehors des U.S.A.

Tchernobyl est le seul accident de type 7 sur l'échelle INES connu à ce jour. Celle-ci est graduée de 1 à 7, vous trouverez les spécifications dans la documentation qui vous a été remise. INES signifie International Nuclear Events Scale soit échelle internationale des accidents nucléaires. Elle peut se comparer à celle de Beaufort ou de Richter. Le niveau 1 représente une légère anomalie dans le dépassement des spécifications techniques. A partir du niveau 4, il y a impact sur l'extérieur. Le 7 correspond sur l'échelle de Richter au Big One attendu du côté de la faille de San Andrea en Californie. Donc, poursuivit-elle, le 26 avril 1986, à 1 heure 23, et lors d'un essai — ceci mérite d'être souligné — une brusque augmentation de la puissance du réacteur a conduit à la destruction du combustible. L'oxyde d'uranium, très chaud, a été mis en contact avec l'eau qui l'entoure, provoquant une explosion de vapeur. Celle-ci a entraîné une rupture de tuyauterie et a soulevé la dalle de béton située au-dessus du réacteur.

Elle marqua un temps d'arrêt.

- Notez bien ces deux éléments : vapeur et dalle de béton. Une seconde explosion a été entendue quelques secondes plus tard. Des fragments de réacteur ont été projetés par les explosions. Le graphite du réacteur mis en contact avec l'air s'est enflammé et en même temps, une partie des produits radioactifs accumulés a été entraînée à plus de mille mètres d'altitude.

- De quel essai s'agissait-il ? demanda Kendo.

- Techniquement, baisser la puissance, couper l'arrivée de vapeur sur la turbine et utiliser l'énergie cinétique de l'alternateur pour continuer pendant plusieurs dizaines de secondes à alimenter les pompes servant au refroidissement du réacteur.

- Là, je ne vous suis déjà plus, affirma Tourneau. Est-il tout à fait normal de laisser des techniciens s'amuser avec de pareilles installations ?

Julie Weyngaert ne répondit pas directement à la question, elle poursuivit :

- Les Soviétiques ont recensé six erreurs humaines graves. Je précise humaine. Deux violations de consignes permanentes, un non-respect de la procédure d'essai et trois suppressions volontaires des protections automatiques du réacteur. Les enquêteurs ont déterminé que si une seule — elle martela ces deux mots — de ces six erreurs n'avait pas été commise, l'accident aurait pu être évité.

- Une sorte de fatalité alors, proposa Winmere.

- D'une certaine façon oui, mais, et ceci est très important, l'accident n'aurait pas pu avoir lieu, ou avoir une telle ampleur, s'il n'y avait eu des causes touchant à la nature du réacteur et à sa protection.

- Vous permettez, madame, mais j'aimerais comprendre, dit d'Archambeau en consultant ses notes. Je ne suis qu'un pauvre marin peu au fait de ces techniques, mais il me semble à vous entendre qu'une bande de gamins irresponsables avait pris les commandes de Tchernobyl.

- Je vous répondrais que les Russes sont en général extraordinairement compétents dans le domaine nucléaire. Le manque de moyens financiers les ont amenés à faire preuve d'une imagination qui fait notre respect dans la résolution de certains problèmes. Malheureusement, l'ex U.R.S.S., contrairement à tous les pays occidentaux, semble n'avoir tiré aucun enseignement de l'accident de Three Mile Island en 1979. Le facteur humain y avait joué un rôle prépondérant. Mais, à Tchernobyl, au moment de l'accident, il n'y avait sur place aucun spécialiste de la sûreté, et à voir la violation des consignes, on comprend les autorités soviétiques lorsqu'elles ont déclaré que les exploitants de cette centrale avaient perdu tout sens du risque.

- La roulette russe, lança Andrew en allumant une cigarette. Vlassov lui lança un regard noir et d'Archambeau fit une mimique désapprobatrice.

- Passons maintenant, continua-t-elle, aux composants d'un réacteur et aux systèmes de protection. Une centrale nucléaire, qui est une unité de production d'électricité, obéit à la règle du Safety First. Cela signifie qu'une unité de production normale, une chaîne d'assemblage automobile par exemple, donne priorité à la production. Un incident n'arrête pas la chaîne. Dans l'industrie nucléaire, la sécurité est une priorité absolue et le moindre incident entraîne la coupure de la réaction en chaîne. Les composants... Elle s'interrompit : j'espère que je ne vais pas vous ennuyer avec un cours sur la fission nucléaire, mais je crois indispensable que chacun ait bien en tête tous les éléments qui lui permettront de prendre une décision en toute connaissance de cause.

- Continuez, madame, la pria le ministre de l'Intérieur. Tout ce que vous pourrez nous apprendre nous sera infiniment précieux.

- Un réacteur fonctionne avec une masse suffisante, nous disons masse critique, d'uranium 235 capable d'entretenir une réaction en chaîne. L'uranium naturel comporte 99,3% d'U238 et 0,7% d'U235. L'uranium enrichit comporte 3% d'U235. Ce dernier a la propriété d'être fissile. Lorsqu'il est frappé par un neutron à une vitesse suffisante, il se fissionne en 2 noyaux plus petits, en émettant 2 ou 3 neutrons. Cette réaction engendre de la chaleur. Ces neutrons ainsi produits en frappent d'autres, etc. Pour qu'une réaction soit auto entretenue, il faut que les neutrons émis par chaque fission, puissent provoquer au moins une nouvelle fission. C'est la réaction en chaîne.

Si chaque fission produit moins d'une nouvelle fission, la réaction s'atténue ; si elle en produit plus d'une, la réaction s'amplifie et la puissance thermique dégagée augmente. Tout ceci est contrôlé grâce aux grappes de réglage ; vous me suivez jusqu'à présent ?

- C'est un peu comme une auto, commente Matteoli. On accélère et on freine. Je n'imaginais pas que l'on pouvait contrôler l'atome de cette façon.

Julie Weyngaert sourit :

- D'une certaine façon, oui, si ce n'est que le système de freinage est infiniment plus performant que celui d'une formule 1. Le second composant d'un réacteur est constitué par un circuit d'eau primaire. Celle-ci, contrairement aux RBMK, est pressurisée et refroidie pour la conserver en phase liquide. Elle circule en circuit fermé. Le troisième composant est constitué de grappes de contrôle, construites dans un matériau absorbant les neutrons, ou neutrophage, du bore ou du cadmium en règle générale qui permettent de moduler ou d'empêcher complètement la réaction.

La source de chaleur étant définie, une centrale nucléaire fonctionne comme une centrale classique, c'est à dire, la production de vapeur qui entraîne une turbine, laquelle produit de l'électricité.

- Mais, intervint Kendo, tous ces éléments se retrouvent dans des centrales RBMK. Il n'y a pas que je sache, deux types de fission. Où réside le danger ?

Julie Weyngaert sourit comme un professeur à un bon élève.

- Votre remarque est judicieuse. Il n'y a qu'une fission mais des différences assez fondamentales dans les conceptions. Dans les réacteurs occidentaux, une variation de la puissance du réacteur tend à s'annuler elle-même. Dans les installations de type Tchernobyl, quand la puissance augmente, la quantité de vapeur dans le réacteur augmente. N'oubliez pas : Bolchoe Molchnastie Kipiachie : grande puissance à eau bouillante. Donc, quand la puissance augmente, cette quantité de vapeur, le «vide» augmente également et accroît la puissance. En bref, le RBMK est un réacteur instable.

Sperlitz leva la main : Qu'entendez-vous par vide ?

- La formation de bulles de vapeur dans l'eau diminue sa densité : on dit qu'il s'y forme des vides. Dans tout réacteur refroidi à l'eau, cette diminution de densité a une influence sur la vitesse et le nombre de neutrons et donc sur la réactivité et la puissance du réacteur. Elle sourit. Etes-vous d'accord ?

Sperlitz agita ses deux mains devant lui.

- Tout à fait, tout à fait.

- La seconde différence, poursuivit-elle, réside dans la vitesse d'intervention des barres de contrôle, capables de réguler la réaction en chaîne. Les barres de contrôle de nos centrales chutent par leur propre poids au moindre signal d'urgence et atteignent leur position de butée, donc leur pleine efficacité en 1 seconde. Dans les RBMK, les barres de contrôle n'atteignent leur butée qu'en 20 secondes.

La troisième différence est que le modérateur dans une centrale de type PWR est constitué par l'eau de refroidissement elle-même. Il n'y a pas de graphite dans nos réacteurs et à Tchernobyl, c'est ce graphite qui a pris feu au contact de l'air et a brûlé pendant plusieurs jours, poursuivant l'éjection de produits radioactifs.

Tout le monde a-t-il compris ce très schématique exposé de fonctionnement d'un réacteur ?

On approuva. Chacun se sentait peu ou prou revenu sur les bancs de la classe de physique. Tourneau se représentait les neutrons sous la forme des billes avec lesquelles il jouait étant enfant. Pour Andrew elles étaient les boules d'un snooker courant sur un tapis vert. Kendo lui, les imaginait sous la forme d'un éclair aveuglant, celui qui avait illuminé le ciel d'Hiroshima.

Semblant lire dans ses pensées, Julie Weyngaert continua :

- La transformation d'un réacteur en bombe atomique est un événement physiquement impossible. Le risque essentiel dans une centrale résulte des produits hautement radioactifs qui s'accumulent au sein des crayons de combustible.

Nous en arrivons donc aux systèmes de protection vis à vis de l'environnement. A Tchernobyl, l'absence d'enceinte de confinement a eu comme résultat la projection dans l'atmosphère d'une part importante de produits de fission.

Le confinement des produits dangereux est obtenu en interposant une série de barrières dont une au moins doit rester étanche dans toute circonstance envisageable. C'est ce que je qualifierais de défense passive. Il existe en outre, une défense en profondeur. En bref, les installations doivent comporter plusieurs remparts successifs et indépendants de telle sorte que la défaillance d'un système important pour la sûreté ne conduise pas à des conséquences nuisibles pour l'environnement. Ces défenses ainsi que le travail des hommes qui les servent vous seront décrits par monsieur Chénier, le Directeur de la Centrale de Tihange.

J'espère, conclut-elle en souriant, n'avoir été ni confuse ni trop longue. Si vous avez des questions à poser, je ferai de mon mieux pour tenter d'y répondre.

Personne ne se manifestant, André Alain Chénier se leva. C'était un homme d'une cinquantaine d'années, massif, à la carrure de demi de mêlée.

Ses subordonnés l'avaient appelé Lino, d'une part à cause de son physique qui évoquait celui du grand acteur disparu, et d'autre part parce qu'il détestait son premier prénom. Ses années de lycée lui avaient valu quelques pesantes plaisanteries relatives à des amours supposées avec une tarentule, allusion au poème d'André Chénier «La jeune tarentine», calembours de potaches auxquels il avait un jour mis fin par la distribution bien appliquée de quelques paires de gifles. Il avait depuis choisi d'ignorer son premier patronyme.

- Je vais donc vous décrire les moyens de protection dont dispose une centrale telle que celle que je dirige.

Il se déplaça vers un chevalet portant une série de représentations schématiques :

- Ceci, il suivit du doigt les contours d'un cylindre, est la cuve du réacteur. Elle est à fond hémisphérique et est construite à partir de viroles soudées en acier au manganèse-mobybdène. Un revêtement en acier inoxydable est déposé par soudure.

Le coeur est constitué de 157 assemblages contenant chacun 264 crayons combustibles. Chaque crayon est formé d'un empilement de plus de 200 pastilles d'uranium, d'environ 1cm de diamètre, enfermées dans une gaine de protection faite d'un alliage de Zirconium, totalement étanche.

Ce faisceau d'assemblages est logé dans la cuve du réacteur, qui accueille ainsi plus de 80 tonnes d'uranium.

Comme vous l'a dit ma collègue, l'U235 produit au cours de la fission des déchets hautement radioactifs. Ces produits de fission sont donc séparés de l'extérieur par une première enceinte de protection, les gaines en Zirconium, et par une seconde, la cuve en acier.

Désignant un autre schéma, il continua :

- Ici, vous voyez à l'intérieur des assemblages de crayons, les grappes de réglage à crayons absorbants. Ce sont des tubes en acier inoxydable contenant un alliage argent, indium, cadmium et coulissant dans les tubes guides prévus au milieu des assemblages de combustible. Ces barres sont maintenues en hauteur par un système électromagnétique qui se coupe automatiquement en cas d'accident.

Monsieur Matteoli a tantôt parlé de voitures, ce n'est peut-être pas le type de comparaison que j'utiliserais, mais si vous voulez, vous avez ici un moteur, il fit un geste en désignant la cuve, voici l'essence : les assemblages de crayons et là ce sont les freins, il montrait les barres de réglage.

- Peut-être, intervint Andrew, mais les rejets sont moins nocifs dans l'automobile.

- Les rejets de nos centrales le sont probablement moins que la cigarette que vous fumez et beaucoup moins que l'oxyde de carbone que les moteurs à explosion rejettent dans l'atmosphère, sourit Chénier. Mais les produits de fission sont terriblement dangereux et nocifs et c'est pour cela que nous les enterrons profondément. Mais nous ne sommes pas ici pour faire le procès des fumeurs et des pollutions urbaines, et encore moins le panégyrique des centrales. Elles sont, en définitive, un mal nécessaire. Dans ce pays 56% de la production électrique en dépend.

La cuve du réacteur et ses indispensables annexes : générateur de vapeur, pompe primaire, pressuriseur, etc — il désignait sur le plan les composants les uns après les autres — sont enfermés dans une enceinte de protection. Ici, à Tihange, nous en avons deux.

L'enceinte primaire est réalisée en béton précontraint et son étanchéité est assurée par un chemisage métallique recouvrant la face interne. Elle

fait 42 m. de diamètre et est coiffée d'un dôme hémisphérique culmi-
nant à 60 m. de haut.

Une seconde enceinte en béton armé entoure la précédente en ména-
geant un espace intermédiaire dit espace annulaire. Ce dernier est mis
en forte dépression pour éviter la libération de produits radioactifs en
provenance du circuit primaire en cas d'accident grave. Ainsi, si une
fuite devait se produire au travers de la tôle d'étanchéité de l'enceinte
primaire, elle serait automatiquement récupérée dans l'espace annulaire
mis en dépression. Ces deux enceintes, outre leur mission de confinement sont dimensionnées pour jouer le rôle de blindage contre les radiations libérées en cas d'accident grave.

L'enceinte secondaire est prévue pour résister aux tremblements de terre
et à l'impact d'un quadriréacteur. Malheureusement, à Tchernobyl, il
n'y avait pas d'enceinte de confinement.

En outre, tous les éléments des circuits sont pourvus de dispositifs d'urgence dont l'intégrité est assurée par des structures spécialement renforcées sous abri bétonné et actionnées par un système de protection pro-
tégé lui aussi par une structure renforcée.

L'alimentation électrique se fait par liaison avec le réseau général, par
un poste de 150 kV via deux transformateurs de réserve et par une
distribution secourue constituée par un groupe de diesels indépendants,
logés dans des structures renforcées.

- Tout cela me semble très fiable, commenta Sperlitz.

- Aussi sûr qu'un constructeur peut le certifier.

- Les constructeurs du Titanic le prétendaient insubmersible.

- Son naufrage fut le résultat d'un ensemble d'erreurs humaines, un peu
comme Tchernobyl.

- Le facteur humain ! confirma d'Archambeau. Nous y revoilà. Nous
pouvons admettre le postulat développé par madame et monsieur — il
fit un petit signe de tête en remerciement vers les deux orateurs — selon
lequels un accident est pratiquement impossible et que, même s'il s'en
produisait un, les risques pour les habitants et l'environnement seraient

nuls. Maintenant, quelles pourraient être les conséquences d'un acte délibérément criminel perpétré par un membre du personnel assez haut placé dans la hiérarchie ?

Chénier grimaça. L'annonce de la trahison supposée d'un de ses proches collaborateurs l'avait choqué. Les travailleurs du nucléaire lui avaient toujours semblé faire partie d'une grande famille dont les compétences et les responsabilités les plaçaient un peu en marge du commun des mortels.

- Un niveau élevé oui, hélas. Barchon est l'un des ingénieurs du service de contrôle, celui qui est chargé de la surveillance des installations et de leur exploitation en phase normale, incidentelle ou accidentelle. Accidentelle. Il répéta le mot d'un air accablé.

- Il faut le faire arrêter sans tarder. Le chef de la Sûreté de l'Etat venait d'intervenir, appuyé par le chef de la Gendarmerie.

Chénier approuva, soucieux :

- Vous avez sans doute raison. Mais d'après ce que ces messieurs de l'Agence pour l'Environnement nous ont expliqué, toutes les précédentes manifestations du syndrome M ont été menées avec un grand professionnalisme et en disposant de moyens considérables. Ils ne doivent donc pas ignorer qu'on ne sabote pas une centrale nucléaire en abaissant un quelconque levier ou en lançant un peu de sable pour le gripper. Donc, s'ils projettent quelque chose, c'est qu'ils croient au succès possible de leur entreprise.

D'Archambeau approuva :

- Certainement oui.

- Dans ce cas, poursuivit Chénier, nous avons un problème de plus. Un homme seul est rigoureusement incapable de tenter quoi que ce soit. Je suis formel.

Julie Weyngaert griffonnait nerveusement quelques notes sur le carnet déposé devant elle. Sans relever les yeux, elle confirma :

- C'est à cette conclusion que j'avais abouti.

- Merde, lâcha Tourneau à mi-voix.

- Ce qui signifie, demanda Winmere, que nous pourrions avoir deux saboteurs.

- Au moins, approuva Chénier.

Winmere souligna :

- Ce qui change les données du problème. L'arrestation de Barchon n'empêcherait sans doute pas que son complice éventuel ne tente de mener à bien le sabotage prévu.

- Mais qu'est-ce que c'est que ce foutoir ! s'exclama le ministre. Nos centrales nucléaires ne sont quand même pas des succursales de la bande à Baader. Qu'est-ce qui se passe chez vous ?

- Je suis chargé de la conduite et de la direction d'une installation, ce qui comprend l'appréciation de la qualité professionnelle des gens que je dirige. Leur évaluation au point de vue sécurité ne m'incombe pas, que je sache, répondit Chénier d'un air pincé.

Le ministre jeta brusquement sur la table le crayon qu'il triturait nerveusement, et se frotta doucement les sourcils. Après quelques secondes d'un silence gêné, Winmere intervint :

- Se lancer les responsabilités à la tête ne nous avancera à rien. S'adressant à Chénier : est-ce que cela modifie beaucoup les données du problème ?

- Mais voyons ! coupa Kendo. Plus les techniciens sont compétents, plus ils sont dangereux. Un, passe encore mais deux, ou plus ! Voyez ce que les hommes de Tchernobyl ont réussi à faire en négligeant les consignes de sécurité. Alors, que sont capables de faire des gens rompus aux techniques de pointe et qui veulent délibérément les transgresser ?

Matteoli s'imaginait à cet instant dans une voiture grand sport, accélérateur bloqué et dépourvue de freins, lancé à toute allure sur une route de campagne.

- Quel est le niveau de qualification du personnel ? demanda Vlassov. Il posait la question et connaissait la réponse.

- Hyper qualifiés, évidemment. Ils doivent avoir les compétences requises afin de pouvoir faire face à tous les incidents et assurer, en toute circonstance, la sécurité des personnes et des biens.

Les installations sont étudiées de façon à faciliter la prise de décisions et les actions des responsables de l'exploitation.

Depuis Three Mile Island en 79, il y a eu une augmentation considérable et des modifications des règles de sécurité. Tous les candidats subissent à l'embauche un examen technique de sélection et un examen médical et psychotechnique spécifique pour la fonction.

- Ce Jean Barchon en a subi un ?

- Comme tout le monde vous dis-je. Rien de particulier n'est apparu lors de celui-ci.

- Et les enquêtes ? demanda Vlassov.

- Barchon est un de nos plus anciens ingénieurs, toujours très bien coté. Assez renfermé, pas de contacts avec ses collègues. C'est un vieux célibataire sans histoires répondit Chénier.

Il se tourna vers l'homme de la Sûreté de l'Etat, l'interrogeant du regard.

- Rien de spécial, confirma celui-ci. Il est perçu par ses collègues comme très valable du point de vue technique, mais très renfermé et de physique ingrat.

- Après l'embauche, continua Chénier, les agents reçoivent une formation complète ; et celle du personnel de conduite, auquel appartient Barchon s'étend sur plusieurs années. Outre les cours théoriques et pratiques, elle comprend une phase d'entraînement sur simulateur de conduite. Celui de Tihange est un full scope, c'est-à-dire qu'il reproduit en vraie grandeur toutes les fonctions d'une centrale, travaille en temps réel, plaçant le pilote en condition exacte de conduite d'exploitation. Ce simulateur permet aux hommes de se retrouver face à des conditions d'accidents auxquels ils pourraient se trouver confrontés.

- C'est merveilleux, maugréa Kendo. Des gars super-entraînés !

Matteoli roulait de plus en plus vite. Au volant avait pris place un pilote de F1, mais ce dernier roulait les yeux bandés et riait aux éclats.

- Et que faudrait-il faire ? s'insurgea Chénier. Confier une centrale nucléaire à des irresponsables ?

Le Directeur Général de la société d'électricité qui n'avait dit mot jusque-là proposa un break. Tout le monde se leva avec reconnaissance. Tasse de thé ou de café à la main, ils se retrouvèrent par groupes, les membres de l'Agence, les électriciens et les représentants de l'autorité.

- Ça ne doit pas être facile pour eux, nota d'Archambeau.

- Ça ne l'est pour personne, approuva Sperlitz. Croyons-nous réellement à la possibilité d'une seconde cible ?

- Je pense qu'il n'y a qu'une seule centrale visée dans l'immédiat, déclara d'Archambeau. C'est le genre d'opération qui suppose un très gros investissement en hommes et matériel et qui se prépare des années à l'avance. La probabilité de trouver une personne haut placée ayant des sympathies ou appartenant à une secte est minime. Deux est quasiment impossible.

Winmere approuva du bout des lèvres :

- D'accord, mais pas à 100%. Rappelez-vous, aux U.S.A. il y a deux ans, 39 informaticiens de talent se sont suicidés en pensant aller rejoindre une soucoupe volante cachée dans la queue de la comète Halley-Bop. Or, ce n'étaient pas des illuminés standard.

- Ils doivent pourtant avoir une stratégie de rechange.

- Une bombe sans doute, suggéra Vlassov.

Les autres sursautèrent.

- Non, pas en provenance de Russie. A ce jour, l'arsenal militaire a été recensé, les 8 bombes manquantes seront récupérées. Quant aux matières fissiles, c'est une autre histoire. A l'heure actuelle, n'importe quels physiciens nucléaires moyennement doués, dotés d'une quantité suffisante du plutonium adéquat, peuvent provoquer une explosion atomique.

Les membres de l'Agence issus du Renseignement étaient choqués mais convaincus, les policiers incrédules.

- Pensez-vous vraiment qu'ils iraient jusque-là ? demanda Kendo. Personne ne prit la peine de lui répondre.

- Mais où ? insista-t-il.

- N'importe où je suppose. Quelque part où cela frapperait l'imagination, une grande ville.

Kendo sentit ses entrailles se tordre. Une explosion nucléaire au sein d'une ville symbole...

- Il faut absolument empêcher cela, lança-t-il.

- Cela dépendra en grande partie de nos amis belges.

- Des amis à qui l'on suggère de laisser une bande de terroristes essayer d'irradier l'ensemble de leur territoire.

- Ils sont cueillis à froid. On aurait sans doute dû les tenir informés depuis le début.

- Ça n'aurait pas changé grand chose. Depuis l'article du Bild, plus personne ne pouvait ignorer que quelque chose d'important se préparait, nota Matteoli.

- De quel côté pouvons-nous espérer de l'aide ?

Ils regardèrent les deux autres groupes. Les «policiers» discutaient avec véhémence, les électriciens étaient penchés sur des plans. Des doigts couraient sur une feuille, s'y attardaient, repartaient. D'autres graphiques furent déployés, et chacun prenait des notes, les comparait avec celles de ses voisins.

- Pas des politiques, je le crains, murmura Andrew. Le Chef de la Sûreté de l'Etat frappait à grands coups du poing son autre main ouverte. Les deux autres hochaient la tête.

- Peut-être une pression discrète de nos gouvernements ? suggéra Tourneau.

- Ne dites pas de bêtises, Pierre, répondit d'Archambeau. Vous n'imaginez quand même pas un de nos Chefs d'Etat téléphonant au Premier Ministre belge pour lui dire... Cher ami, pour notre tranquillité à tous, auriez-vous l'amabilité de laisser exploser votre centrale de Tihange, cela nous obligerait et nous débarrasserait d'un grand soucis. Mes hommages à votre charmante épouse.

Les autres le regardèrent, surpris.

- D'accord, cet humour est détestable. Excusez-moi. La nervosité, sans doute.

- Je crains, remarqua Sperlitz que la réponse ne puisse être fournie que par la compétence de ces gens-là. Je pense d'ailleurs que nous allons bientôt l'avoir.

Les électriciens repliaient leurs plans et se dirigeaient vers la table.

- Nous ne voyons qu'une possibilité de sabotage comportant un risque majeur. De combien de temps disposons-nous pour vérifier votre théorie ?

- La mère de Jean Barchon part en Suisse le 25.

- Trop court, beaucoup trop court, gémit Chénier.

- De combien de temps souhaitez-vous disposer ?

- Au moins quarante-huit heures de plus.

Vlassov et Winmere se consultèrent du regard.

- Nous pouvons vous arranger cela.

CHAPITRE VIII

Deux élèves de quatrième année se sont approchés. Du haut de leurs dix ans, ils me terrorisent. Le plus grand des deux me dépasse d'une bonne tête. Il me frappe l'épaule du plat de la main et me demande d'une voix forte :

- *C'est vrai que t'es le fils d'un collabo ?*

Je n'ai jamais entendu ce mot, mais à l'intonation, je le devine injurieux. Je fais non de la tête.

- *Tu mens, ajoute l'autre. Même qu'on l'a dit à la maison.*

Ensemble, ils chantonnent :

- *Collabo, collabo.*

Je me sens rougir.

- *C'est pas vrai.*

Grimaçants, un index frottant l'autre, ils tournent autour de moi :

- *Collabo, collabo.*

Les poings serrés, je leur lance :

- *Et d'abord, c'est celui qui le dit qui l'est.*

Le premier coup m'atteint au nez. Les autres je ne sais plus. L'un me tient par les bras tandis que l'autre continue à frapper. Dans les bagarres de cour de récréation, les juges de paix sont les grands de sixième année, qui interviennent quand le déséquilibre entre les combattants est manifeste. Ils écoutent les explications des intéressés et les forcent cérémonieusement à se serrer la main.

Je fais un geste d'appel à François, grand caïd blond et nerveux qui domine tous les autres. Je le vois retenir du bras un membre de sa bande qui fait mine de vouloir se diriger vers nous.

Quand les autres ont fini de frapper, j'ai mal partout, mon nez saigne et je vais en pleurant vers les deux surveillants qui paraissent absorbés par l'examen du seul arbre de la cour.

- M'sieur. Y'a Jean-Louis et Patrick qui m'ont frappé.

Ils me toisent et le premier me lance.

- Tu n'as pas honte de dénoncer tes camarades ?

Le second, l'air un peu gêné se penche vers moi, m'examine attentivement et conclu en ébouriffant mes cheveux :

- Cela n'a pas l'air bien grave.

Je pars en courant, en pleurant de plus belle et j'entends :

- Il n'y a rien à faire, ils ont ça dans le sang.

Le lendemain, ma mère m'accompagne chez le directeur. Elle sort de son bureau très rouge, énervée et me prend la main. Nous rentrons à la maison. La semaine d'après, j'ai changé d'école.

L'homme se réveille en sursaut, trempé de sueur. Du pied, il rejette l'épais édredon. L'odeur des médicaments mélangée à celle de son corps en nage le fait suffoquer dans l'atmosphère surchauffée de sa chambre. En quelques mouvements convulsifs des jambes, il se débarrasse de ses couvertures et ce bref effort emballe le rythme de ses pulsations cardiaques. Inquiet, il ferme les yeux et respire à petits coups.

Cette fièvre lui est arrivée brutalement, le clouant au lit, brûlant et si faible que le moindre mouvement le rend nauséeux. Il a dissipé ses dernières forces à se disputer avec sa mère qui voulait à tout prix rester à la maison pour le soigner.

En l'auscultant, le jeune remplaçant de son médecin habituel, lui a demandé s'il avait séjourné en Afrique. Il a ricané, lui dont l'horizon le plus lointain s'est arrêté il y a trente ans sur une plage surchargée de la Costa del Sol.

- C'est curieux, vous présentez tous les symptômes d'un fort accès de malaria. Ne vous inquiétez pas, dans trois jours vous serez sur pied.

En frissonnant, il se penche vers sa table de nuit, prend un flacon et compte soigneusement trente gouttes d'une préparation amère qu'il avale d'un trait.

Son coeur bat toujours à grands coups mais moins vite. Il ferme les yeux. Ses bras et ses jambes s'alourdissent. Il sent son dos creuser le matelas. Il dort.

Il a douze ans et son empressement à vouloir plaire aux plus forts lui a valu la responsabilité de surveiller les couloirs des toilettes, où les durs des classes supérieures vont fumer pendant l'heure du déjeuner. Ils s'échangent une cigarette, par petits groupes de quatre ou cinq.

Après la rossée mémorable dont il a été victime quelques années plus tôt, il s'est toujours attaché de façon servile à se trouver des protecteurs. Petit et malingre, il porte des cartables trop lourds, passe les billets, rit sans comprendre aux plaisanteries.

Ce jour-là, dans le groupe le plus proche, les conversations ne sont pas ponctuées de grands gestes ni de jurons et de rires. Trois adolescents, un sourire niais et intéressé plaqué sur le visage, sont penchés vers un quatrième qui, volubile, leur explique quelque chose, le poing fermé et le bras s'agitant de haut en bas.

Le gamin s'est approché et a écouté avant d'être chassé brutalement mais il aura eu le temps de découvrir le secret de la masturbation.

Le même soir, dans son lit, quelques minutes d'attouchements provoquent sa première érection et un peu plus tard la montée d'un formidable spasme qui le secoue, le laissant effrayé par l'intensité du plaisir et honteux à la vue des tâches qui maculent son lit.

Faute d'un père à qui il pourrait parler, c'est à l'oncle qui les a recueillis, sa mère et lui, qu'il va confier le trouble où l'a jeté son expérience.

L'adulte, d'un air mauvais a dégrafé sa ceinture et lui a cinglé le dos, les jambes, les fesses à grands renforts de «vicieux, petit salopard, mauvaise graine...»

Après la correction, l'oncle lui a tenu un long discours sur les dangers des pratiques honteuses, le risque de damnation éternelle et la promesse qu'il restera ce qu'il est en cas de récidive, petit et malingre. Il l'a envoyé au lit sans manger, chargé de réciter vingt Notre Père et dix Actes de Contrition.

Il se réveille cette fois dans la position du fœtus, celle qu'il avait adoptée sous les coups et les muscles de son dos se sont raidis sous l'effort.

L'obscurité a envahi la chambre. Il s'étend difficilement, allume la lampe de chevet et se dirige d'un pas incertain vers la salle de bain. L'homme qui le fixe dans le miroir a le visage crayeux, le menton mangé d'une barbe poivre et sel, avec sous les yeux des cernes profonds et bleuâtres. Son crâne est largement dégarni, le nez fort, les lèvres minces et violacées.

Pendant de longues secondes, il contemple son reflet et lui trouve l'air d'un débauché émergeant après une semaine d'orgie. Cette pensée le fait grimacer. Le libertin au sortir de ses débauches doit avoir l'air fatigué mais, suppose-t-il, un visage heureux et comblé. Il est de plus, beau, grand, athlétique et plaît aux femmes. Lui, traîne comme un boulet sa petite taille et son physique ingrat depuis l'adolescence.

Il se regarde plusieurs minutes sans vouloir se reconnaître, puis éteint et retourne se coucher.

Malgré de brillantes études d'ingénieur, sa candidature d'élève officier de réserve n'a pas été retenue. Il attribue son échec à son physique et se voit versé dans un régiment d'infanterie en Allemagne. Il se retrouve comme d'habitude le souffre douleur de sa chambrée et de ses chefs qui le houspillent. Sous son barda trop lourd, il peine et souffre mais se voit en formidable commandant des para, montant au feu avec héroïsme et promenant une poitrine constellée de décorations devant un parterre de filles admiratives. Il a pris l'habitude de se réfugier dans un monde imaginaire où il est grand, beau, fort, courageux.

Un soir, ses copains de chambre l'ont invité à les accompagner. Il a tout de suite accepté, heureux et surpris. La bande de militaires braillards descend dans la petite ville proche de la frontière est-allemande.

Dans le café, les tournées de bière succèdent aux tournées de schnaps et très vite, la tête lui tourne, lui qui ne boit jamais. Dans les brumes de l'alcool et tout à la joie de faire partie d'un groupe, il ne remarque pas les clins d'oeil entendus et les rires des soldats qui se poussent du coude en le regardant.

Une fille grosse et fardée l'entraîne, il monte un escalier en heurtant les murs et se retrouve dans une petite chambre au milieu de laquelle il contemple d'un oeil incertain le corps nu et rebondi de la serveuse qui, du geste l'invite à se déshabiller.

Pétrifié, il ne bouge pas, la chambre tangue et tourne sous lui. Il voudrait être ailleurs, loin de ces chairs blanches et fortes, de cette odeur, de ce décor.

La fille s'approche de lui, dégrafe son ceinturon, déboutonne sa braguette et d'un geste vif abaisse son pantalon. Il reste là, incapable d'esquisser un geste. Elle écarte les pans de sa chemise et saisit son sexe entre les mains. Pendant deux minutes elle va le caresser, essayant de provoquer une quelconque réaction et lui, qui n'a jamais connu de femme, reste là, bras ballants, l'air piteux.

Et brusquement elle se met à rire. Elle rit et lui n'entend plus que ce rire, ne voit plus que ces joues fardées baignées de larmes, cette bouche comme un fruit trop mûr, grande ouverte, qui jappe et s'esclaffe.

Le premier coup fait éclater une lèvre, le second fend l'arcade sourcilière et tout de suite le sang coule, l'affole et il frappe, frappe encore, à coups de poings et de pieds, cette chose nue aux chairs tremblotantes qui se couvre de sang.

Ses hurlements ameutent le personnel de l'établissement. Des hommes l'empoignent, le ceinturent et à leur tour le rouent de coups. C'est son sang à lui qui gicle pendant que la fille se traîne et ramasse ses vêtements en continuant à hurler, et ses accompagnateurs d'un soir interviennent à leur tour, la mêlée devient générale, interrompue brutalement par l'arrivée des M.P. qui se frayent un chemin matraque haute.

Son mois de cachot est entrecoupé de visites au service psychiatrique de l'hôpital militaire.

Monomanie de la persécution, paranoïa, défaut d'affectivité, mégalomanie, complexe d'oedipe, schizophrénie, les rapports ne savent plus où donner du diagnostic.

Au terme de sa punition, il termine son service militaire en observation.

Quand il se réveille, il est toujours faible mais ses terribles vertiges l'ont abandonné.

Doucement, il descend les marches qui mènent au salon. Il remarque que la neige est encore tombée en abondance. Il mange un peu et pense qu'avec deux nuits de vrai repos, il se sentira d'aplomb.

Des bribes de son rêve lui reviennent en mémoire. L'armée ! Il grimace. Ses expériences de vie en communauté, école, armée, n'ont fait qu'aggraver le fossé entre lui et les autres. Plus tard, dans l'anonymat de la vie professionnelle, il veillera soigneusement à n'établir que les contacts strictement indispensables. Il sera un ingénieur modèle, toujours disponible pour ses chefs, mais dur et distant avec ses subordonnés. C'est sa nature renfermée et ses rapports difficiles avec ses collègues qui lui vaudront de ne pas arriver au sommet de la hiérarchie. Il mettra son échec sur le compte de la malignité publique. Ses loisirs, il les passera à lire. Incapable de s'intéresser à autrui, il évitera romans et fictions et ce sont des ouvrages de philosophie qui iront tapisser sa bibliothèque. Puis, il passera au sacré et à l'occultisme.

Sa rencontre avec le Grand Initié de la Vie Eternelle allait bouleverser sa vie.

Mansart, mercredi 29 décembre 1999. J -3.

Jean Barchon avait décidé de faire à pied les six kilomètres séparant Mansart de Tihange. Il avait pensé que la marche lui ferait du bien après l'accès de fièvre inopiné qui l'avait cloué au lit, le fâchant avec sa mère qui avait vainement insisté pour rester à son chevet.

Il pensa au voyage solitaire d'une vieille femme de soixante-quinze ans. Elle était arrivée et il se demanda si son éloignement était finalement une bonne solution pour elle qui devrait subir jusqu'à la fin de ses jours l'opprobre d'un nom que les générations apprendraient à maudire à la façon de celui d'un Ganelon.

Sa mère ! Ses rapports avec elle avaient toujours été un mélange d'amour allant jusqu'à la dévotion et une semi-révolte contre l'aspect castrateur que cette dépendance affective suscitait.

Jean Barchon était né en 1944, quelques mois avant que son père ne fut fusillé pour collaboration. Ce dernier avait cru de bonne foi à la grandeur du Reich et aux thèses nazies. Il avait fraternisé de façon ostentatoire avec l'occupant.

Tondue et promenée dans les rues à la Libération, sa mère avait quitté avec son fils sa petite ville de province, pour venir chercher refuge à Liège auprès d'un oncle dévot. Cette femme simple avait conçu une rancune tenace à l'égard du genre humain, qu'elle avait transmise à son fils. Jean Barchon avait été élevé dans la foi chrétienne et le respect de principes moraux rigides. Plus tard, il avait ressenti Vatican II comme une trahison, et avait pensé trouver refuge dans la fréquentation de cercles intégristes qui lui semblèrent à l'usage tièdes et pusillanimes. Il se plongea alors dans l'étude des philosophies orientales. L'oncle décéda au milieu des années 70, léguant ses biens à une mère dont la malignité publique prétendait qu'elle avait eu pour lui des bontés.

A nouveau, objets de la réprobation pesante des commérages provinciaux, les Barchon s'installèrent définitivement dans un pavillon à Mansart, proche de Tihange où Jean travaillait depuis deux ans.

*

Les vapeurs émises par les trois tours de refroidissement de la centrale étaient visibles à plus de quinze kilomètres. Sperlitz les remarqua le premier et poussa du coude Giancarlo Matteoli qui contemplait d'un oeil indifférent les collines recouvertes de neige.

Ce dernier se retourna vers la voiture qui les suivait et montra les nuages verticaux à Kendo, assis à côté du chauffeur. Ils avaient quitté Bruxelles de grand matin à l'exception de Vlassov, parti à l'aéroport de Liège-Bierset en attente d'un vol spécial en provenance de Moscou. D'Archambeau avait pris place dans la Mercedes blindée du chef de la Sûreté de l'Etat, accompagné du commandant de la Gendarmerie belge.

Morose, ces derniers n'avaient répondu que par monosyllabes aux velléités de conversation du Français.

- Vos hommes ont accompli là-bas un travail de tout premier ordre, nota-t-il en regardant à son tour les panaches de fumée.

Le Lieutenant Général grommela quelque chose qui pouvait passer pour un merci.

«Deux cents gendarmes et membres de la protection civile, pensa celui-ci, avaient dû fouiller sous la neige et dans la plus grande discrétion !»

Devant le peu d'enthousiasme de ses compagnons de route, d'Archambeau se réfugia dans un silence songeur. Il se considérait comme un homme normalement courageux, mais la perspective de se retrouver à quelques mètres d'un réacteur nucléaire susceptible de s'emballer ne lui plaisait que médiocrement, en dépit de l'assurance affichée par les responsables de la centrale.

Il savait que ses collègues partageaient pleinement son appréhension. Winmere l'avait pris hier en aparté :

- Je ne sais pas si vous éprouvez la même chose que moi, Thierry, mais il ne faudrait pas me pousser beaucoup pour que je suggère d'abandonner toute l'opération et que nous nous en tenions à l'interpellation du suspect.

- Confidence pour confidence, j'en suis exactement au même point. Je crains toutefois que l'affaire ne nous ait échappé. J'espère que la confiance des électriciens est justifiée.

*

Jean Barchon écoutait la neige crisser sous ses pas. Le paysage familier était superbe sous son manteau hivernal. Il ne regrettait pas de n'avoir pas pris sa voiture. Au volant, le décor est souvent indifférent. On peut effectuer des centaines de fois un même itinéraire sans remarquer le charme d'un bosquet, les méandres paresseux du fleuve, l'architecture d'une ferme isolée.

Dans quelques heures, tout cela ne serait plus qu'un désert irradié.

Il se mit à saliver intensément, déglutissant avec peine. Lorsqu'il avait accepté le principe du sabotage de la centrale, cela lui avait semblé simple et la perspective de pertes en vies humaines n'avait suscité aucun obstacle d'ordre moral.

Les morts ne devaient être que le règlement d'un vieux contentieux entre sa famille et le genre humain. Sa propre indifférence ne l'étonnait pas. Barchon n'éprouvait de sentiments sincères que pour les animaux qu'il détestait voir souffrir.

Au travers de son parcours à travers les philosophies orientales et la pensée platonicienne, il lui était venu l'idée de deux mondes, celui du bien et du mal, conception manichéenne déformée car pour lui, le monde du bien était celui des animaux, celui du mal dominé par les hommes.

L'aboutissement d'un mode de pensée philosophique exige un cheminement lent et initiatique et une souplesse d'esprit que son éducation rigide et son manque de sens critique ne lui avaient pas donné. Ses lectures avaient déposé dans sa mémoire des strates de connaissance sans interaction entre elles.

Il avait fini par se fixer sur la réincarnation, doctrine professée par le Grand Initié de la Vie Eternelle. C'était maintenant sa conviction profonde. Aujourd'hui, son sacrifice lui donnerait la faveur extraordinaire de pouvoir choisir sa nouvelle enveloppe charnelle. Il avait opté pour le dauphin et espérait que ses métamorphoses futures ne le verraient plus affublé d'un corps humain disgracieux. Il vit de loin deux oiseaux filer à tire d'ailes vers le sud. Il les salua de la main.

$$*$$

Débarquant des voitures, les membres de l'Agence constatèrent avec curiosité que l'accès se faisait directement depuis la route, sans contrôle à l'entrée du parking. La suite des trois unités composant le site commençait à quelques dizaines de mètres des premières maisons de la banlieue de Huy, petite ville des bords de Meuse, blanche sous la neige et blanche comme la vapeur que vomissaient les trois gigantesques tours de refroidissement hautes de 160 mètres, au pied d'une desquelles ils s'étaient arrêtés. Par petits groupes, ils se dirigèrent vers le bâtiment abritant l'accueil, où un collaborateur d'André Alain Chénier leur remit leur carte d'accès.

La centrale accueillait vingt mille visiteurs par an et personne ne pouvait s'étonner de la présence du petit groupe d'hommes qui se dirigea vers l'unité de Tihange II, écoutant au passage les explications sur la topographie des lieux.

Pour chacun des membres de l'Agence, à l'exception d'Arthur Winmere, c'était leur première visite à l'intérieur d'une centrale nucléaire. Leurs yeux se dirigèrent vers le bâtiment cylindrique contenant le réacteur. Il dépassait de quelques mètres le gigantesque hangar abritant le groupe turboalternateur. En rentrant, ils furent assaillis par le bruit de l'énorme machine qui convertissait la vapeur produite par le réacteur en énergie électrique. De partout jaillissaient des tuyaux d'acier, veines de plus d'un mètre de diamètre alimentant un coeur tournant à 1500 tours/minute.

Par un dédale de couloirs, ils traversèrent des installations, arrivant finalement dans une pièce de vaste dimension, la salle de conduite auxiliaire qui, sous abri bétonné, permettait le contrôle des circuits d'ultime secours destinés à faire face à tout accident extérieur qui aurait entraîné la perte des circuits principaux de contrôle-commande.

Ils y furent accueillis par André Alain Chénier qui considérait d'un air soucieux les centaines d'écrans et de lampes témoin qui tapissaient les trente mètres d'un ensemble de meubles verticaux disposés en U.

Devant la partie médiane trônait le pupitre de conduite. Trois techniciens s'y affairaient, deux autres surveillaient la console de supervision tandis qu'une dizaine d'hommes longeaient les hauts meubles des tableaux verticaux de sauvegarde.

L'un d'entre eux était figé devant un écran rond situé dans l'angle supérieur gauche de l'ensemble. Une rosace y figurait, formée de dizaines de points lumineux.

Chénier la désigna du doigt :

- La cuve du réacteur. Il ajouta avec un geste circulaire du bras : en temps normal une salle de conduite est placée sous la surveillance de beaucoup moins de monde.

Les visiteurs approuvèrent sans mot dire.

- Comme vous le constaterez, cette salle de conduite rassemble, de façon fonctionnelle, tous les organes de commande et de surveillance des équipements importants de l'unité.

Ici, vous avez le pupitre de conduite à partir duquel s'effectuent toutes les opérations de contrôle du réacteur, de la turbine et du poste d'eau.

Il se déplaça vers la gauche, entraînant à sa suite le groupe de visiteurs.

- Ces tableaux verticaux sont ceux à partir desquels s'effectuent les opérations de conduite en cas d'accident. Les autres à droite, sont ceux utilisés pour réaliser les opérations de passage de l'arrêt à froid à l'arrêt à chaud du réacteur et vice-versa.

Chénier tapota un meuble bas.

- Et voici enfin le pupitre de supervision qui permet de surveiller l'état d'ensemble des installations.

Andrew consulta sa montre. Il restait encore vingt minutes avant que Jean Barchon ne prît son service. On pouvait raisonnablement espérer que rien ne se passerait auparavant. Il mourrait d'envie de griller une cigarette.

Les voyants lumineux étaient à dominante jaune. Certains se mettaient à clignoter. D'autres s'arrêtaient. Les profanes essayaient de se persuader que ces mouvements étaient normaux.

Tourneau s'épongea le front. Jamais les plaines de son Canada natal ne lui avaient tant manqué.

Kendo cachait sous un masque impassible la panique qui l'avait étreint dès qu'ils étaient arrivés sur le parking. Il était resté quelques secondes de plus dans l'abri illusoire de la voiture à considérer les bâtiments qui lui parurent d'emblée hostiles.

Vlassov, Winmere et d'Archambeau entamèrent dans un coin de la salle une conversation animée.

Matteoli et Sperlitz étaient penchés sur une batterie de téléviseurs qui montraient trois hommes s'affairant dans une salle identique.

Le cadran lumineux qui affichait l'heure était situé à la droite de l'écran montrant la rosace schématique des barres du réacteur. Les minutes avançaient avec une lenteur insupportable. Andrew jeta un nouveau coup d'oeil à sa montre. Elle n'allait pas plus vite. Il tira une cigarette d'un paquet, la planta entre ses lèvres en faisant à la ronde signe qu'il ne l'allumait pas.

Tourneau sourit et s'approcha :

- Nerveux ?

- Qu'est-ce qui vous fait penser cela ?

Le Canadien lui désigna le bout filtre :

- Elle est à l'envers.

Avec un soupir, Andrew jeta sa cigarette au sol.

*

L'homme avait hâté le pas pendant le dernier kilomètre. Il ne tenait pas à se faire remarquer en arrivant en retard, et son absence l'avait déjà contraint à remettre son projet. Un accès de fièvre subit l'avait terrassé, si violent qu'il ne pouvait quitter son lit. Heureusement, le jeune remplaçant dépêché par son médecin traitant s'était montré particulièrement compétent, et il lui avait garanti qu'il serait rapidement sur pied.

Il avait eu raison, à grands coups de médicaments qui le laissaient un peu nauséeux.

A l'entrée du parking, Alexandra l'attendait. Il lui prit la main et sans mot dire, ils marchèrent en silence vers le pavillon d'accès aux installations.

Belle et merveilleuse Alexandra ! Avec elle, il avait découvert sur le tard l'éblouissement de l'amour physique et la totale communion d'esprit. Il s'était rendu compte avec ravissement qu'elle partageait ses convictions sur la réincarnation. De leurs longues séances de méditation et d'échange de vues avec le Grand Initié était né le désir, de plus en plus pressant, de s'affranchir des contraintes d'un corps et d'un monde qui lui pesaient de plus en plus.

Avant sa rencontre avec Alexandra, il avait un jour évoqué la possibilité du suicide, mais le Grand Initié le lui avait formellement déconseillé, ajoutant que le passage à l'incarnation de son choix ne pouvait se faire qu'à la faveur d'un événement de nature exceptionnelle. Ils avaient ensuite passé de longues soirées à discuter de ce que pourrait être pareil acte. Un soir, il avait lancé :

- Je devrais peut-être mourir avec Tihange.

- Dans ce cas, lui avait-il été répondu gravement, non seulement vous pourrez choisir votre futur mode de vie, mais vous pourrez en changer à votre gré, jusqu'à la fin des temps.

Alexandra s'était montrée enthousiaste et, faute de pouvoir être à ses côtés, elle l'accompagnait le plus près possible, afin de pouvoir le rejoindre au plus vite.

Arrivés au grillage ceinturant les installations, il l'étreignit. Elle lui murmura :

- A très bientôt.

Il passa les barrières d'un air décidé. Des collègues le regardèrent perplexes. Barchon avec une femme, et jolie en plus. On aura tout vu.

*

Dans la salle de conduite auxiliaire, le téléphone sonna. Chénier décrocha.

- Il est arrivé, lança-t-il à la cantonade. Comment ? Avec une femme ! Et jolie en plus ! Ça alors, c'est la meilleure.

En raccrochant il poursuivit :

- Notre célibataire endurci est arrivé au bras d'une ravissante créature, et ils se sont passionnément embrassés. Qu'est-ce que vous pensez de cela ?

D'Archambeau se dirigea vers l'officier de gendarmerie avec qui il échangea quelques mots. Celui-ci acquiesça et pianota sur son téléphone cellulaire.

- Une c'est bien, deux c'est mieux, déclara le Français à ses collègues. Ceux-ci approuvèrent en silence.

*

Une salle de conduite est normalement dépourvue de système de surveillance, mais quatre mini-caméras dissimulées aux angles de la pièce permettaient d'en surveiller les occupants, qui vaquaient normalement à leurs occupations depuis près de deux heures.

Plus bas, la tension montait parmi les hommes qui surveillaient tous leurs faits et gestes.

Andrew, au mépris des règlements, alluma une cigarette. Le directeur de la centrale le regarda et crocha deux fois l'index dans sa direction. Cinq mains se tendirent. Bientôt les volutes de fumée montèrent partout dans la pièce.

D'Archambeau renifla deux fois d'un air dégoûté et plongea nerveusement ses mains dans ses poches. Sur sa droite, Kendo rongeait avec application des ongles soigneusement manucurés.

En haut, un des techniciens quitta la pièce et tous les visages se tendirent vers les écrans. Il revint quelques instants plus tard et l'activité normale reprit, brisant la tension qui était montée avec son départ.

Les minutes s'écoulaient interminablement.

- Ce salaud va-t-il se décider ? maugréa Chénier.

Ses collaborateurs le regardèrent, surpris. Que leur patron en vînt à souhaiter le passage à l'acte était paradoxal, mais confusément, ils ressentaient la même impatience.

- Votre avis ? demanda Winmere à ses voisins.

- Je ne sais pas, répondit le Russe. Il a peut-être changé d'avis.

- C'est improbable, déclara d'Archambeau. Je pencherais plutôt pour un horaire précis.

- Et qui correspond à quoi ?

- On pourrait penser à la mise en place d'un dispositif militaire.

Vlassov se dirigea vers le téléphone. Il revint quelques minutes plus tard.

- Je viens d'avoir Alexeïev. On ne signale aucun mouvement suspect. Ils sont aussi nerveux que nous à Moscou, ajouta-t-il.

- Lui au moins n'a pas l'air nerveux, commenta Sperlitz qui s'était rapproché.

Ils se penchèrent vers les écrans. Barchon s'affairait en compagnie de ses deux collègues.

Les minutes se rajoutèrent aux autres.

- Ce n'est peut-être pas pour aujourd'hui, suggéra Matteoli.

En haut un des techniciens sortit et revint avec trois tasses de café.

Barchon tendit la main vers un des écrans. Ses deux collègues tournèrent la tête dans la direction indiquée. Très vite, il fit tomber quelque chose dans les tasses.

- Attention, ça va commencer, hurla Chénier.

Tout le monde avait compris et s'était rué à son poste.

- Ils boivent, murmura Sperlitz.

Après une minute, les deux hommes titubèrent, la tasse à la main, avant de s'effondrer. Sans un regard pour eux, Barchon se dirigea vers le pupitre, manipula avec rapidité une série de commandes. Puis il sortit une télécommande de sa poche et l'activa. Le bruit assourdi d'une forte détonation parvint dans la salle.

Des cris retentirent :

- Coupure des transformateurs-élévateurs.

- Coupure des transformateurs de réserve.

Une myriade de témoins s'étaient mis à clignoter, les aiguilles des compteurs dansaient sur les cadrans.

- Les barres, les barres de contrôle ne descendent pas.

Un autre hurla.

- Fuite d'eau importante dans le circuit primaire.

La salle tout entière fut prise de frénésie.

Les moniteurs de télévision s'obscurcirent, clignotèrent, se rallumant faiblement, hésitèrent encore avant de s'éteindre totalement. Ils avaient perdu le contact avec la salle de conduite.

Partout, des techniciens s'affairaient autour des tableaux de contrôle, se lançant des instructions, criant des ordres.

Vlassov murmura à ses collègues :

- J'ai l'impression que tout ne se passe pas exactement comme prévu.

Impression confirmée par l'explosion de Chénier à qui d'Archambeau demanda :

- Quelque chose ne va pas ?
- Vous les touristes, foutez-nous la paix. Tout ce merdier est de votre faute.

∗

Dans la salle de conduite, Jean Barchon avait accompli pendant plus de deux heures son travail de façon mécanique. Son esprit était ailleurs. A sa conviction première avait succédé l'angoisse devant la monstruosité du geste à accomplir. Il eut une pensée pour sa mère, presque convaincu qu'il avait eu tort de l'envoyer en Suisse. L'opprobre lié à son acte pèserait lourd sur les années qui lui restaient à vivre. Sa propre fin lui était indifférente, puisqu'elle déboucherait sur un avenir de liberté et de renouveau perpétuel.

Sa pensée vagabonda vers la maison qu'il avait quittée ce matin sans un regard, s'y coula et parcouru une à une les pièces familières. Peut-être y aurait-il eu moyen d'y vivre heureux avec Alexandra, mais sa mère n'aurait jamais toléré une autre femme sous son toit. L'amour qu'elle vouait à son fils était exclusif et jaloux.

Une vague de ressentiment le submergea. C'est à ce moment qu'il se décida.

- Qu'est-ce qui se passe là-bas ? demanda-t-il en montrant les cinq téléviseurs qui terminaient la longue rangée d'armoires de contrôle.

Ses collègues tournèrent ensemble la tête. Rapidement, il fit glisser dans les tasses les gellules remises par Alexandra. Il avait insisté pour un soporifique puissant, repoussant énergiquement l'idée du poison. Les morts consécutives à la destruction de la centrale seraient anonymes et aléatoires. Tuer directement lui déplaisait au plus haut point.

Le Grand Initié avait cru à une forme particulière de sadisme, consistant à préférer pour ses collègues une mort lente due aux radiations, à un trépas rapide et sans douleur. Il avait accédé à sa demande.

Barchon saisit sa télécommande et actionna le détonateur. Le grondement assourdi de l'explosion lui parvint.

Un coup d'oeil à la rosace du réacteur lui confirma que les barres restaient fixées en position haute.

L'explosion des charges placées dans la cuve du réacteur avait été inaudible mais avait fait son office. Dehors, les transformateurs avaient sauté. Une charge de faible puissance à la base de la grappe de réglage empêchait les crayons absorbants de coulisser dans les tubes guides, et la réaction ne pouvait plus être contrôlée.

L'explosion d'un pain de cemtex dissimulé à la base de la tuyauterie primaire, libérait maintenant les flots d'eau qui allaient remplir le bâtiment du réacteur. L'installation des explosifs, lors d'un entretien de la cuve, était un exploit technique auquel il n'avait pas cru.

Ses doigts couraient sur les tableaux de commande, rapides, précis.

- Voyez-vous, avait-il dit en expliquant son plan, vous transformez un réacteur à eau pressurisée en réacteur à eau bouillante, comme à Tchernobyl. En quelques minutes, vous obtiendrez une superbe casserole à pression. Ce qui me plaît, c'est que tout dans une centrale nucléaire repose sur la création d'électricité. Tous les systèmes de sûreté reposent sur l'alimentation électrique. Supprimez celle-ci et plus rien ne fonctionne. Laissez la réaction s'emballer et boum ! Ses mains avaient formé dans l'air la forme d'un champignon.

Les lumières s'étaient éteintes lors de l'explosion. Très vite, l'éclairage revint, vacilla, revint, diminua encore. Les dix-sept puissants diesels s'étaient mis en route, et les moteurs, grippés par l'additif introduit dans les réservoirs s'arrêtaient les uns après les autres.

La pièce se retrouva dans le noir absolu. Détendu, Jean Barchon attendit la mort. Sa pensée le dirigea vers une mer azurée où deux dauphins jaillissaient de l'eau vers un ciel sans nuages.

*

Un bruit de pas retentit dans le couloir. Il sursauta. Pendant quelques minutes, il fallait empêcher quiconque d'entrer. A tâtons, il se dirigea vers la porte et s'adossa au chambranle, les jambes raidies écartées devant lui, les paumes des mains et les bras collés à la porte.

Il pesta intérieurement contre son imprévoyance. Il aurait du penser à un moyen de condamner celle-ci. Mais aucune poussée ne s'exerça. Au lieu de cela, il entendit :

- Jean, ouvre. Qu'est-ce que tu fais là ?

Il écarquilla les yeux dans le noir. C'était la voix de sa mère. Son coeur s'emballa.

- Jean, ouvre. Je suis là. C'est moi, ta mère.

L'esprit en déroute, Barchon se retourna lourdement et ouvrit.

A la lumière fantomatique de lampes de poche, sa mère le regardait, hagarde. Derrière elle, Alexandra se débattait entre deux policiers.

- Imbécile, hurla-t-elle. Tu as tout fait rater.

Plus loin, dans l'ombre, des visages blafards le regardaient fixement. Il nota l'expression rageuse de son patron et l'air dégoûté de ses collègues.

Dans le fond du couloir, un moine barbu solidement encadré par des militaires vêtus de noir, hurlait en russe à l'égard du Grand Initié qui gardait la tête basse, menottes au poing.

Avec un gémissement sourd, il sentit le sol se dérober sous ses jambes.

∗

Quelques heures plus tard, les membres de l'Agence, toujours flanqués du chef de la Sûreté de l'Etat et du lieutenant général de Gendarmerie étaient rassemblés dans le bureau d'André Alain Chénier.

- Il n'y avait pas de complices et tout ceci aurait pu être évité, lança le militaire.

- Vous êtes de mauvaise foi, répondit le directeur de la centrale. Il y a eu d'évidentes complicités, et ce sera votre travail de les retrouver. Les charges placées à l'intérieur de la cuve du réacteur l'ont été lors d'une de ses mises à l'arrêt. C'est un travail extraordinairement précis et compliqué qui a nécessité d'importantes et coûteuses interventions. Le sabotage des diesels a été vraisemblablement effectué par une autre équipe. Vous avez du pain sur la planche.

- De plus, intervint Vlassov, si on avait arrêté Barchon immédiatement, lui ou une tierce personne pouvait faire fonctionner la télécommande. En plus des dégâts existants vous auriez eu les transformateurs attelés détruits. De surcroît, vous auriez été cueillis à froid.

Ici, les hommes du général ont trouvé les charges destinées à les mettre hors service, ainsi que celles destinées aux lignes aériennes. On a pu simuler l'explosion et laisser croire à Barchon que son plan se déroulait comme prévu.

- Qu'en est-il des dégâts ? s'enquit Kendo.

- Nous avons pu contrôler le réacteur, mais il y aura beaucoup à faire dans l'enceinte. La pollution est limitée à l'eau qui l'a envahi. Nous étudions la possibilité de la traiter comme des déchets habituels et de la stocker.

- Vous nous avez fait peur tout à l'heure, déclara Andrew. Nous avons vraiment eu l'impression que vous n'aviez pas prévu les charges dans la cuve.

Chénier se caressa l'arête du nez de l'index.

- Très honnêtement, nous ne l'avions pas prévu. Vous aviez raison : ils étaient très forts et leur plan était beaucoup plus élaboré que nous ne le pensions. Nous avions bien sûr pensé à la privation d'électricité. Les hommes du général ont trouvé les charges dans les alternateurs extérieurs et sur les pylônes de haute tension. Nous avons pour la vraisemblance fait exploser la charge le long des murs. Il a pu croire jusqu'au bout qu'il avait réussi.

- Il était difficile de fouiller les cuves.

Tourneau demanda :

- Vous aviez certainement dû penser au blocage des grappes de sécurité.

- C'était l'inconnue du problème. Nous avions envisagé une mise hors circuit du système électromagnétique. Personne n'avait imaginé un moyen aussi radical que l'explosif.

- Elles sont censées descendre en une seconde. En position basse, le plan était inopérant, avança d'Archambeau.

Chénier fit la moue :

- Il fallait bien faire avec. En quarante-huit heures, pouvait-on faire mieux ?

- Et si, insista Kendo, il avait pu mener son plan à bien, sans intervention, que se serait-il passé ?

Le directeur de Tihange haussa les épaules.

- Rien. Les enceintes de confinement sont d'une solidité à toute épreuve.

- Mais l'eau sous pression aurait pu être refoulée par les tuyauteries d'alimentation secondaires. La salle des machines n'est pas confinée de la même façon.

- Oui ? Vous croyez ? Mais non. D'ailleurs ce sont des problèmes techniques que nos ingénieurs vont avoir à étudier. Tiens, à propos, et vos terroristes ?

- Après les aveux rapides du gourou et d'Alexandra, Onovarenko s'est finalement mis à table. Les spetnatz l'ont ramené directement à Moscou.

- Tout est donc en ordre de ce côté-là. Tant mieux, parce qu'ici nous aurons du pain sur la planche.

Un à un ses visiteurs prirent congé. Sur le parking, Kendo jeta un dernier coup d'oeil aux tours de refroidissement. L'une d'elles avait arrêté de fumer.

- Tout de même, je me demande ce qui se serait passé ?

Winmere lui posa la main sur l'épaule.

- Hoïchiro, il faut toujours croire les spécialistes. Toujours.

Et en souriant il lui fit un clin d'oeil.

Saint Malo, le 31 décembre 1999.

Le vicomte Thierry Ronquières d'Archambeau avait pour la première fois accepté de sacrifier aux traditions de fin d'année.

Il n'avait en fait pas eu tellement le choix, sa vieille servante ayant grommelé que, même chez les mécréants, on pouvait fêter Noël et le Nouvel An d'un changement de millénaire qui d'ailleurs, ne se passait que tous les mille ans.

Cette logique implacable et le caractère têtu de la vieille bretonne avaient vaincu d'Archambeau qui ne s'était d'ailleurs défendu que fort mollement. La salle à manger de sa malouinière était donc décorée d'un somptueux sapin. La table d'apparat n'était dressée que pour trois convives. Il recevait Tania et Lucas, ce dernier ayant fini par se déclarer au soulagement général du personnel du sixième étage. L'Agence profitait du calme revenu.

Lucas et Bauwelinckx pensaient pouvoir identifier les commanditaires dans les semaines à venir. Il appartiendrait alors aux gouvernements intéressés de régler leurs comptes.

Portant précautionneusement une bouteille d'un jaune ambré, l'hôte déclara :

- Château Yquem 1947. Une bouteille somptueuse pour une occasion mémorable.

Le téléphone sonna. Minuit moins dix.

- Tovaritch Vicomte. Comment allez-vous ?

- Viktor. Je sens la vodka jusque dans le combiné !

- Et moi le Petrus et le Château Latour. D'ailleurs, je parie que vous buvez de l'Yquem en ce moment.

- Gagné, mais comment savez-vous ?

- Les services secrets russes étaient les plus forts. Mais j'ai une pénible nouvelle à vous annoncer. Onovarenko s'est suicidé il y a une dizaine de minutes, nous avons des aveux complets. Le début du millénaire risque d'être pénible pour certains.

- Suicidé ?

- Da ! Le pauvre n'a pas supporté son inculpation.

- Viktor, pas à moi.

- Thierry, comme l'a dit si justement Arthur, il faut toujours croire les spécialistes.

L'horloge commença à égrener les douze coups de minuit.

- Bonne année. Thierry.

- Mes meilleurs voeux, Viktor. Cela a été un privilège de travailler avec vous sur cette affaire.

D'Archambeau raccrocha, prit son verre et le leva pour trinquer. Lucas et Tania s'embrassaient sous le gui.

BIBLIOGRAPHIE

Orages de grêle : «La Recherche» numéro 175 ; article de Jean-François Mezeix, Albert Waldvogel, Domenico Vento.

Interpol : «Le Vif-l'Express» 1989 ; article de James Sarazin.

Eradication de la rage : «La Recherche» mai 1994 ; article de Michel Aubert, Anne Flamand, Marie-Paule Kieny.

                            «Pour la Science» août 1992 ; article de William Winkler et Konrad Bögel

Sectes : En ce qui concerne les sectes, je n'ai pas lu d'ouvrages de référence, préférant la lecture d'articles parus dans la presse quotidienne et périodique. Cette approche m'a paru garante d'obtenir la plus large vue possible sur cette nébuleuse, compte tenu des opinions et sensibilités diverses des auteurs. Citons notamment :

Le **Nouvel Observateur** : le dossier ouvert et signé par Vincent Jauvert, reprenant les remarquables thèses de Massimo Introvigne, sociologue des religions.

Dans le même hebdomadaire des articles de Henri Guirchoun, Sara Daniel et Sylvie Véran.

Dans les titres suivants, les articles de :

L'Evènement du Jeudi : Serge Faubert.

Le Monde : Alain Frachon, Alain Woodrow, Laurent Zecchini, Henri Tincq, Claude Francillon, Philippe Pons.

Libération : Béatrice Bantman, Pierre Mangetout, Frédérique Amaoua, Michel Henry, Luc Lamprière, Léna Lutaud.

Le Soir : Jean Pochet, Alain Lallemand, Stéphane Detaille, Olivier Van Vaerenbergh.

La Libre Belgique : Fabien Deleclos, Eric de Bellefroid, Philippe Godard, Philippe Paquet.

La Dernière Heure : Gilbert Dupont, Bruno Clément.

La Nouvelle Gazette : Nadine Thierry-Lebrun.

Tihange : En ce qui concerne sa description, j'ai été un des vingt mille visiteurs qui parcourent annuellement son site. Les descriptions techniques sont conformes à la documentation qui m'a été remise.

La Bible, enfin m'a fourni l'élément de base de mon scénario et les citations qui parsèment ce texte en sont directement tirées.